一个埃及金字塔下的高尔夫爱情故事

爱在开罗时光

林健锋 著

南方出版传媒
花城出版社
中国·广州

图书在版编目（CIP）数据

爱在开罗时光 / 林健锋著. -- 广州：花城出版社，2017.11
ISBN 978-7-5360-8497-1

Ⅰ. ①爱… Ⅱ. ①林… Ⅲ. ①长篇小说－中国－当代 Ⅳ. ①I247.5

中国版本图书馆CIP数据核字(2017)第257091号

出 版 人：詹秀敏
责任编辑：黎 萍 林 菁
技术编辑：薛伟民 凌春梅
封面设计：WONDERLAND Book design 仙德 QQ:344581934

书　　名	爱在开罗时光
	AI ZAI KAI LUO SHI GUANG
出版发行	花城出版社
	（广州市环市东路水荫路11号）
经　　销	全国新华书店
印　　刷	广东新华印刷有限公司
	（广东省佛山市南海区盐步河东中心路23号）
开　　本	787毫米×1092毫米　16开
印　　张	11　1插页
字　　数	126,000字
版　　次	2017年11月第1版　2017年11月第1次印刷
定　　价	42.00元

如发现印装质量问题，请直接与印刷厂联系调换。
购书热线：020－37604658　37602954
花城出版社网站：http://www.fcph.com.cn

【主要人物】

文　健：男，34岁，广州新潮高尔夫旅游公司老板
夏　冰：女，29岁，广州新潮高尔夫旅游公司职员
谭百合：女，25岁，东莞某动漫开发公司白领
Belinda：女，27岁，埃及华人首富的独生女
吴顺德：男，52岁，亚洲高尔夫发展理事会会长
李晓小：女，25岁，亚洲高尔夫发展理事会助理
罗江山：男，65岁，埃及高尔夫球协会副会长
Mary：女，40岁，埃及高尔夫球协会秘书长
Higazi：男，58岁，埃及Dream Land高尔夫球会总经理
小燕子：女，25岁，埃及HUALI旅游公司导游
章梓忠：男，45岁，北京博物馆工作人员
冯　珊：女，36岁，北京长城长高尔夫旅游公司老板娘
古伟峰：男，28岁，昆明彩云高尔夫旅游公司老板

刘佳芸：女，22岁，昆明某舞蹈培训班教员

林大铭：男，46岁，海南椰林高尔夫旅游公司老板

吴东方：男，55岁，上海携玩高尔夫旅游公司老板

徐　翔：男，30岁，湖南翔鹰高尔夫旅游公司老板

江佳杰：男，29岁，深圳前海高尔夫旅游公司老板

谷大菲：女，26岁，湖南某旅游公司职员

谷小菲：女，26岁，湖南某图书馆管理员

姜教练：男，48岁，广东潮汕高尔夫球队总教练

第 1 节

想到这里，惆怅的文健忍不住给夏冰的微信发送一条信息："每想你一次，天上飘落一粒沙，从此形成了撒哈拉沙漠。"

沙漠
一望无际
一望无际的撒哈拉沙漠……

"一直到沙漠日落，大海干涸，始终为爱执着……"坐在撒哈拉沙漠的沙丘上，观看沙漠日落，文健耳畔响起刀郎一首略为忧伤的情歌，心里多少有些惆怅。

来埃及两天了，文健总算亲临其境，来到一度向往的世界最大沙漠——撒哈拉沙漠。在荒漠上体验了一把自驾穿越的欢愉之后，他终于平静了下来，一个人远眺浩瀚的沙漠，观赏日落。

就在两天前，为参加亚洲高尔夫发展理事会在埃及举办的一场高尔夫球邀请赛，文健提前了好多天，来到了埃及。之所以提前来到埃及，原因有许多。首先是这场高尔夫球赛非同寻常，对文健个人来说，更是至关重要！

文健在广州经营一家针对高尔夫球运动爱好者的旅游公司，公司开办有十年之久，可谓广州高尔夫旅游行业最为知名和有影响力的公司。怎奈近两年国家对公职人员打高尔夫活动有所限制，而他的客源主要是公务员和国企高管，因此生意突然一落千丈，公司经营陷入困境。更严格地说，随着公司职员一个接着一个离职，他的公司——广州新潮高尔夫旅游公司，近乎倒闭。

就在决定公司命运的关键时刻，文健突然收到一个去埃及参加高尔夫球赛的邀请——那是亚洲高尔夫发展理事会发起的一个特别的高尔夫球赛。这个远在非洲埃及举办的高尔夫球赛之所以特别，是因为获奖者不仅奖金十分丰厚，而且还能获得许多免费宣传机会。文健知道亚洲高尔夫发展理事会在香港拥有自己的卫星电视台，在内地也拥有很多宣传平台。如果他赢得这次比赛，他不仅能获取一笔缓解公司现金流的资金，更重要的是，通过这场比赛，或许能让广州新潮高尔夫旅游公司"一夜成名"，广为人知。这样的话，新潮公司就会获得更多非公职人员客户，从而让公司起死回生。也就是说，这个非同寻常的高尔夫球邀请赛，对文健来说是他最后一根救命稻草。

对于参加这次球赛，文健是非常有信心的。文健学打高尔夫已经有十几年了，自他接触高尔夫这项休闲而富有挑战性的运动，他就觉得自己很有打好高尔夫的天赋。特别是这几年，他的成绩基本保持在"单差点"水平（业余高尔夫球手中的高手）。这次能够受邀去往埃及参加比赛的，都有一个硬性条件——必须是内地高尔夫旅游公司的老板。而据他所了解，这些公司老板还真没几个能够达到"单差点"水平的。高尔夫要打得好，除了要有天赋，还要经常下场磨刀。老板们平日忙于生意，专注生意，谁还会努力让自己成为业余高手呢？对这样的业余高尔夫球赛，文健感觉胜券在握。

促使文健去埃及的，还有他内心深处对那个充满神秘色彩的国度的向往之情。作为世界四大文明古国之一的埃及，在文健印象中，有神秘的金字塔、闻名的帝王谷、古老的神庙、奇怪的狮身人面像、传说中能复活的木乃伊……还有他现在正身处的世界最大沙质荒漠——撒哈拉沙漠。从小在海边长大的文健不但没见过沙漠，更没有体验过沙漠高尔夫球场。他所打过的高尔夫球场，不是湖场就是山场。如果在沙漠高尔夫球场挥杆，那该是怎样一种不同体验？

沙漠日落，将浅黄色的沙漠染成了一片红色，渐渐红色变成金黄色，再慢慢暗淡下来。灰暗天色让文健又开始想念起夏冰来……

夏冰曾是文健的女朋友，也是新潮公司众所周知的准老板娘。一年前，当新潮公司业绩明显下滑的时候，跟文健谈了三年恋爱的她，毅然离开了文健。分手后，文健一直找不到她，平时在微信给她留言，也从不见她回复。越是如此，文健越是思念她。文健心里总是愧疚，可能是自己太专注于生意和热衷于打球，所以陪伴夏冰的时间并不多。

如果不是夏冰离开了他，这次他来埃及肯定不会是一个人——因为他曾经承诺要带夏冰一起看沙漠日落。

想到这里，惆怅的文健忍不住给夏冰的微信发送一条信息："每想你一次，天上飘落一粒沙，从此形成了撒哈拉沙漠。"

这一回，微信并没发送成功，因为微信那头，已经将这头列为"黑名单"……

第 2 节

多希望有一个像金字塔般高度而永恒的完美爱情啊！夕阳下，谭百合在披上闪闪金光的金字塔下幻想着。

金字塔

神秘的金字塔

外星人建造的神秘金字塔？

来到埃及最大最高的金字塔——胡夫法老金字塔的面前，一向喜欢脑洞大开的谭百合，在心情一阵澎湃之后，又开始天马行空一番——这金字塔该不会是外星人建造的飞船基地吧？木乃伊，会不会有些是外星人的尸体？外星人，会不会也被埃及艳后迷倒过？

要知道，埃及金字塔在地球上已经存在超过4500年。4500年前，人类还没有掌握铁器，凭借当时古埃及人落后的生产工具，想要打造如此宏伟的建筑，几乎是不可能的呀！

就眼前这个胡夫法老金字塔而言，金字塔的塔身由230万块约重10吨的石块堆砌成，有些石块的重量更是超过40吨。石块之间并没有任何黏合物，历经几千年风吹雨打，其缝隙迄今依然非常紧密——就连锐利的刀片都难以插入！如此精湛的工艺，竟然出自4500年前古埃及的工匠或奴隶之手，实在是不可思议！

胡夫金字塔与相距不远的哈夫拉金字塔和孟卡乌拉金字塔，是祖孙三代的金字塔。这三个金字塔的位置居然与天上猎户座的三颗腰星的排列是一模一样的，似乎还存在着某种神秘的联系……

背着行囊的谭百合一边观赏金字塔，一边拍着照片，脑海同时翻腾着。

就在谭百合忘情地对着金字塔拍照时，一个"黑脸皮"、身着长袍的埃及人跑了过来，他教谭百合背着金字塔摆弄各种手势——有双手举起交叉状的，有单手手指拿捏状的，有双手托巨石状的……帮她拍了很多不同角度的照片。事毕，这个"热心"的埃及人跟谭百合索要了20埃镑的小费。

20埃镑，折算人民币就是十元。对于这十元小费，谭百合倒是觉得挺值得的。谭百合来埃及之前，就听说埃及人无论大人小孩，都有索要小费的习惯，所以她在开罗机场就兑换了不少五元十元面值的埃镑。另外她还带着一些面值一美元的纸币，以充当小费之用。

谭百合之所以觉得这次花的小费值得，是因为她总算有了几张满意的照片，可以发给一位她两天前刚刚认识的异性朋友——准确来说，是她一见钟情的一位大帅哥。

两天前，只身来埃及"穷游"的谭百合，在飞机上遇到一位让她情窦初开的人——他，有着高大的个头，浓眉大眼，高挺的鼻梁，一张成熟的脸庞。而让谭百合彻底喜欢上他的，是他像大哥般的体贴关照。

从广州白云机场飞往开罗机场，整整需要12个小时之久。而他，正好坐在她旁边。12个小时的相处，同吃、同坐，还有她自认为的"同睡"，谭百合就这样暗暗恋上了他。

多希望有一个像金字塔般高度而永恒的完美爱情啊！夕阳下，谭百合在披上闪闪金光的金字塔下幻想着。想着想着，天色已晚，她便挑选了几张自认美美的照片，给微信名为"文健"的他发送了过去。

第3节

"一带一路"是"丝绸之路经济带"和"21世纪海上丝绸之路"的合称,它旨在借用古代丝绸之路的历史符号,积极发展与沿线国家的经济合作伙伴关系。

位于佛山市三水区的云东海高尔夫球场,其球道取天然地势,或逐阶而下,或起伏不定,或湖水相依,或沙坑拥簇,可以说是一个美丽与挑战并存的高尔夫球场。云东海高尔夫球场四周层峦叠嶂,青山环抱,葱郁苍翠。在这个天然氧吧的球场悠闲挥杆,会让人宛如置身于世外桃源,远离城市的喧嚣。

正因如此,亚洲高尔夫发展理事会的会长吴顺德,常常从"石屎森林"的香港跑到这个山清水秀、空气清新的地方,享受挥杆之乐。

今天吴会长来到云东海高尔夫球场打球却是有目的的。几个月前,远在非洲的埃及高尔夫球协会副会长罗江山找上了他,并跟他商议在埃及开罗联合举办一场面向国内高尔夫旅游公司的高尔夫球邀请赛。原来,一向视旅游业为经济命脉的埃及政府,希望能够争取更多的中国游客到埃及观光消费,更希望有高端的中国老板前往埃及打球和投资。埃及高尔夫球协会便打算从高尔夫旅游公司的老板们入手，希望跟亚洲高尔夫发展理事会共同策划一场特别的业余高尔夫球赛事。

罗江山副会长的提议正合吴顺德会长之意，自中国新一届政府提出"一带一路"倡议以来，如何响应和落实新倡议，一直是吴会长思考的问题。

"一带一路"是"丝绸之路经济带"和"21世纪海上丝绸之路"的合称，它旨在借用古代丝绸之路的历史符号，积极发展与沿线国家的经济合作伙伴关系。"一带一路"的理念是共同发展，目标是合作共赢。它不是中国一家分蛋糕或拿蛋糕的大头，而是沿线各国共同把蛋糕做大，一起分蛋糕。与中国同属文明古国的埃及，正是重要的沿线国家之一。埃及还是亚非之间的陆地交通要冲，也是大西洋至印度洋之间海上航线的捷径，战略位置十分重要。埃及也是中东人口最多的国家，是非洲大陆第三大经济体，埃及可谓"一带一路"重要的支点国。

吴会长还知道，罗江山虽为埃及高尔夫球协会副会长，但他同时也是埃及的华人首富，他的华力集团在埃及可是一家具有实力和影响的企业，其业务范围遍布埃及，涉足旅游、房地产、高尔夫、石油以及天然气等领域。到埃及打球和观光的商业精英，说不定还能挖掘这里的商机，从而拓展新的海外市场，可谓一举两得，符合国家"一带一路"倡议的构想。于是，吴会长便一口答应了罗江山，与埃及高尔夫球协会共同筹办这一场颇有"高尔夫外交"味道的业余高尔夫球赛。

经过几个月的精心策划，球赛活动很快得到内地各大高尔夫旅游公司的响应与支持，球赛也将在八天后，在埃及首都开罗的 Dream Land 高尔夫球会正式开启。

鉴于此次球赛活动的重要性，今天，埃及高尔夫球协会秘书长Mary专程赶来中国一趟。于是吴会长便约Mary一起来到他最喜爱的云东海高尔夫球场，一边打球一边沟通。

一边打球一边洽谈业务，也是吴会长的习惯。他一直认为，在视野开阔、绿草如茵的地方谈事情，双方总是比较容易达成共识。"在高尔夫球场谈生意，在办公室里谈高尔夫"也是吴会长的口头禅。

"这是广东最好的高尔夫球场之一，球道的长度比较长，可惜我们的'大炮手'文健两天前就去了你们埃及，不然的话，今天可以让你见识一下他开出300码的超远距离。"快打完18洞了，吴会长忽然感慨地对着Mary说。

吴会长是高尔夫行业的老前辈，打了三十多年高尔夫，自认水平还不错，就是发球距离不够远。

"300码？作为业余球手确实厉害！难怪他能保持单差点水平。"Mary听吴会长这么一说，由衷佩服道。

Mary虽为埃及高尔夫球协会秘书长，但她的球打得不怎么样，特别是发球，能挥出150码她就很高兴了。Mary打球更多是因为工作关系，她经常自讽自己下场打球是"打酱油"来着。

"所以我说，这次夺冠机会最大的应该是他……你刚刚说罗会长的独生女Belinda的球技也很高？就连文健都可能不是她对手？"吴会长突然停下来盯着Mary。

"我觉得是。"Mary点头微笑道，"虽然她的发球并不远，但她的短杆和推杆特别精准。可惜她的爱好在文学和高尔夫，并不怎么喜欢经商。"

"哦，喜欢文学？还有运动天赋？那她就是文武双全啊，都说混血儿智商高，果真如此啊！"吴会长接着问，"那……她不会长得难看吧？"

"恰恰相反！"Mary很肯定地回答。

第 4 节

还没来到红海之前，文健一直以为红海是红色的。直至他亲临红海，他才发现，清澈的红海海水居然是蓝色的，而远远望去，海水更蓝得呈现出一片绿色！

"跑车皇后玛莎拉蒂！真不可思议！"文健驾驶着租借来的丰田越野车驶出撒哈拉沙漠，准备返回红海Sunrise度假酒店的路上，他突然发现车后跟着一辆"三叉戟"标志的白色豪车。

文健来到埃及，才发现埃及还是一个相当贫穷的国家——仅从道路上不见几辆好车就可以判断出来。虽然只来了短短两天，但文健已感觉埃及的经济至少比中国落后二三十年。

文健一到埃及，就往埃及经济最好的红海度假区奔去。他当然也不是以享受为目的，他听说埃及最好和最具特色的两个沙漠高尔夫球场，就在红海的度假区域。离比赛还有好多天时间，他一来想好好体验和适应一下沙漠球场，二来，既然来到他一直向往的国度，他怎么都得安排时间游览一下那几个蜚声世界的地方，特别是从小就听闻的金字塔。但他已经从老友吴顺德会长那里获知，在此次比赛的前一天，盛情的主办方不仅会让大家提前在比赛场地Dream Land高尔夫球会试场，还会安排大家观光一下埃及最有代表性的金字塔，比赛之后也会安排大家游览几个名胜古迹，所以他也就不着急了。

从开罗机场到红海，一路过来，看着落后的建筑和破旧的汽车，文健感觉这个地方还是相当贫穷的。好歹来到著名的旅游胜地红海度假区，所见的富人们，更多是来自欧洲的游客。而此时，文健却惊讶地发现有一辆顶级豪车，还紧跟着他。

"这是玛莎拉蒂一款限量版的跑车。"文健看着后视镜惊叹。接着他对坐在一旁的向导努努嘴道："怎么你们埃及也有这么高端的车？"

玛莎拉蒂可谓世界跑车中的极品——如果把跑车之王法拉利比喻为埃及法老，那玛莎拉蒂就是埃及艳后了。文健对于世界名车，多少还是有些研究的。

文健在广州开的车，也只是一辆宝马初级跑车，那还是他几年前生意红火时买的。而类似这款豪华的玛莎拉蒂跑车，还一直是他的梦想。

喜欢高尔夫的男士，大都喜欢各式各样的名车或豪车，就像美女钟情各种奢侈品牌的服饰一样。

"我们埃及就是贫富悬殊，有钱人就特别有钱，但那只是极少数，大部分人还是穷人。"向导却一副不以为然的样子。

向导的话刚讲完，后面的玛莎拉蒂跑车就倏地跟了上来。此时文健才发现，那驾车的居然还是一位年轻女子——只见驾车的女子头上裹着白色头巾，但女子并不像许多埃及女人还蒙着脸。因为天色暗淡，裹头巾侧着脸的女子的模样不够清晰，但隐约感觉她是个年轻貌美女子，又像个高贵的阿拉伯公主。

文健正纳闷间，却见"公主"追上他之后，居然还摇下窗来朝他笑了笑。接着只听轰的一声，"公主"踩下油门绝尘而去。

若不是为了在沙漠平稳疾驰，越野车的车胎需要放掉一部分气，此时此刻，文健还真有点想追上去跟这位"公主"角逐一番的冲动。文健知道从撒哈拉沙漠到红海Sunrise度假酒店，一路没有红绿灯，更没有测速摄像头。

"看来，您是我们集团的贵宾，Belinda小姐是冲着您来的。"正当文健困惑于高贵的"公主"为何冲他一笑，而对他惊鸿一瞥的目光又似乎在意料之中的时候，貌不惊人的向导突然语出惊人。

文健更加惊讶起来！

看着文健一脸惊诧的样子，向导接着笑着说："她是我们集团大老板的女儿Belinda。您租的车是华力集团的，您到哪儿，Belinda小姐都很容易掌握。刚才您在沙漠的时候，公司就让我共享了定位。"

……

红海很蓝，看到眼绿！

还没来到红海之前，文健一直以为红海是红色的。直至他亲临红海，他才发现，清澈的红海海水居然是蓝色的，而远远望去，海水更蓝得呈现出一片绿色！

在潮汕海边长大的文健，印象中只有在小时候，老家的海水才会如此模样。因此，来到红海之前，文健预订了红海较好的一家海滨度假酒店——洪加达Sunrise酒店，他想先好好放松一下，等休息两天之后，才到附近的高尔夫球场挥杆练球。

当文健开着丰田越野车回到Sunrise酒店的时候，他发现酒店门口最好的位置，正停放着他刚才见到的那辆白色玛莎拉蒂跑车。

"您是文健先生吧？您好，我们Belinda小姐正在酒店餐厅恭候阁下……"正当文健从车里出来时，一个皮肤黝黑的男士彬彬有礼地走过来跟他打招呼。

在这位黑人的引领下，文健随他来到酒店的餐厅。

终于见到了刚才开着跑车的"公主"。此时"公主"已解下头巾，并把头巾披在肩上。

这还真像个高贵的公主！当文健走近Belinda的时候，他暗自打量起来——只见这Belinda有一头飘逸的秀发，一双明亮的丹凤眼；高挺的鼻子下，有两片薄薄的嘴唇和两排雪白的牙齿……

Belinda的皮肤有些古铜色，但明显不像土生土长的埃及人，更像是中非混血儿。

"你好，你就是这次高尔夫球赛传说中的第一高手吧？"还没等文健开口打招呼，Belinda就已经单刀直入了。

Belinda的普通话不是很好，从她第一个"你"字的发音，文健就判断出来了。

"你好，我是文健，幸会。"文健礼貌地回答她。但此刻的他还是满脑疑惑，这高贵的有钱人这么纡尊降贵地找他干什么？

"我是Belinda，是这次埃及高尔夫球邀请赛的主要赞助商。"Belinda微微一笑。

迷人的一笑！

"哦，原来如此……"文健像是一下子都明白了。

第 5 节

其实真正的高尔夫球发烧友都这样，一见面就想约场球，特别是大家球技水平差不多的。这一点，文健心里比较清楚。

在Belinda的友善示意下，文健坐在她对面，跟她一起用餐。

在Sunrise酒店登记入住后，酒店会给客人佩戴两种不同颜色的手环：一种是蓝色；一种是红色。佩戴蓝色手环的客人，可以免费享用酒店餐厅里的自助餐；佩戴红色手环的客人，不仅可以免费享用餐厅里更丰富的自助餐，还可以任饮酒店里的红酒和啤酒。此时戴着蓝色手环的文健，注意到Belinda戴着红色手环。

"明天我请你打一场球，怎么样？"不知道是Belinda不善于用中文沟通，还是她就喜欢单刀直入，还没怎么聊天，刚见面不久的Belinda就向文健发出邀请，她同时还递给文健一大杯红酒。

对这个"邀请"，文健更多理解为"挑战"。文健原本就打算明天开始下场打球，现在有一位美女对手做伴，那是求之不得啊！

在中国内地，文健只有请女士打球的习惯，还没让女士请过打球的先例。而他现在人在异域他乡，对方还是有钱的主，他也就来之不拒了。

"没问题！"文健举起Belinda赠送的红酒，爽快地答应了。

文健与Belinda碰杯之后，才开始跟她详聊起来。

原来，这Belinda还真是冲着他来的。Belinda今年27岁，比文健还小7岁，但她的高尔夫球龄比文健要长好多年。Belinda跟文健一样很有打高尔夫的天赋，她有时还能打出像职业高尔夫球手一样的标准杆数——72杆，可以说，她的球技甚至比文健还略高一筹。

Belinda是埃及华力集团大老板罗江山的独生女，作为埃及华人首富的罗江山同时也是埃及高尔夫球协会副会长。Belinda正是从老爸那里了解到本次高尔夫球赛唯一一位达到"单差点"水平的业余球手——文健，所以想跟他先来个"以球会友"。

其实真正的高尔夫球发烧友都这样，一见面就想约场球，特别是大家球技水平差不多的。这一点，文健心里比较清楚。

Belinda跟埃及高尔夫球协会秘书长Mary也很熟悉，她从Mary那获知文健已经提前来到埃及，很快就"盯"上他了。

Belinda之前已经看过各个球手包括文健的照片，从照片上看，文健身材高大，长相也不错。现在近距离接触，Belinda觉得文健帅气起来，还带着一种成熟稳重的气质，仍是单身的她，心底暗地里喜欢。

Belinda的母亲是埃及吉萨人，Belinda也从小在埃及长大，但她一样喜欢中国人，特别是她在大学期间作为交换生，到北京大学念了两年中文后，她觉得中国男人更有魅力，而她本身就有一半是中国血统。

Belinda的母亲在她很小的时候就因病早逝，老爸罗江山一直忙于打造他的商业帝国，陪伴她的时间比较少。所以Belinda跟埃及同龄人有些不同，独立性也较强。

正当文健和Belinda在酒店有说有笑的时候，吴顺德也跟Mary，还有他的助理李晓小，在酒店里边吃边欢聊。

"我们文总也是单身哦，呵呵。"跟Mary谈完商务之后，吴顺德风趣地说道，"文总一表人才，球技也跟你们Belinda小姐差不多，说不定他俩很登对哦。"

"呵呵，要是他们能够配成一对，那我们罗会长就开心了。他现在恨不得有个乘龙快婿，可以帮他打理庞大的家业。文健还有企业管理经验，要是他俩能结合在一起，那就更完美啦。"Mary也希望成人之美。

"文总很优秀的，身高1.8米，长得还有点像香港影星古天乐，我们公司几个女孩子都很喜欢他。"李晓小也忍不住凑起热闹来。

"埃及和中国的关系一直很好，早在1956年，埃及就作为第一个阿拉伯国家跟中国建交。建交60年以来，双方往来密切，中国成为埃及第四大客源国，中国人是埃及最受欢迎的外国人。我相信文健到了埃及，也会感受到埃及人的热情。希望他能因此喜欢上埃及，喜欢上我们埃及的大美女。"Mary笑嘻嘻道。

第 6 节

夜色为平静下来的海水增添了几分柔情与浪漫，一切都显得那么美好。

Sunrise度假酒店建造在红海的海滩边上，和文健用完晚餐后，Belinda就邀请文健一起在这个私家海滩散散步，吹吹海风。

经过一个多小时的吃饭聊天，两人彼此有了更多的了解。这也许要归功于高尔夫的魅力，因为当聊到高尔夫球时，两人越聊越欢，就像是早已熟悉的球友一样。

文健最想跟Belinda了解沙漠高尔夫球场的特别之处，还有埃及那些充满神秘色彩的名胜古迹，而只在北京待过的Belinda，对绿意盎然、鸟语花香的中国南方也饶有兴趣。余兴未尽的两个人，就这样在海滩边走边聊……

夜色为平静下来的海水增添了几分柔情与浪漫，一切都显得那么美好。

晚上将近11点，文健才回到自己的房间。洗完澡查看微信时，他才发现谭百合在微信上给他发了几张照片。

是她！两天前在飞机上相处了12个小时的那位可爱女孩！

文健心里突然咯噔一下，竟然有些小兴奋。

两天前，原以为会一个人孤单地在飞机上熬过12个小时，却没想到像艳遇一般，遇到一位天真浪漫的客家姑娘——谭百合。说起这谭百合，文健的第一印象就是——一位毛毛糙糙、异想天开而模样可爱的女孩！谭百合长相也蛮不错，眉清目秀，鼻梁纤巧，白嫩而红润的小脸上有一对小酒窝，笑起来格外好看。

个子不高的谭百合的座位就在文健旁边，而他俩的缘分，就从登机后文健主动帮她托放行李开始。

本来帮矮个的谭百合托放行李是天经地义的，但文健没想到，那谭百合却感激得不得了。紧接着，谭百合还主动跟他聊七聊八，直至聊到他们竟是毕业于同一所大学——广州大学时，谭百合更是跟他亲近起来。谭百合今年才25岁，文健自然是她的大师兄，谭百合便师兄长师兄短地称呼起来。

12个小时一直坐着不动，本是一件很煎熬的事情，但有一位可爱而喋喋不休的女孩在旁，文健却一点都不觉得累。直至最后，当飞机急促降落在开罗机场时，文健还不急于立刻下机，他甚至还觉得飞行的时间不够长。

在万丈高空整整十二个小时，与一位喜欢谈天说地、天真浪漫的美女相处，对一位孤单远行而且还处于"空窗期"的人，是一段美好的回忆。

"照片拍得很特别，人也美美的。"文健看着谭百合发来的几张金字塔背景的照片，在微信上给她做了回复。

信息发送后，微信那头却没有任何回复。

可能太晚了，这会对方该睡了吧？文健心想。

此刻文健心里多少有些歉意，在开罗机场与谭百合分手后，他还没有发过微信关心一下谭百合在埃及玩得怎样，而他知道谭百合也是一个人第一次来埃及游玩的。

谭百合在广州大学毕业后，就在东莞市一家日资企业搞动漫设计。由于这家公司的日本高管总是对她垂涎三尺，不堪骚扰的她便辞了职，并打算回广州发展。在这时，第一次申购股票新股的她，发现自己幸运地打中一只科技股，这只科技新股竟然还连续十几个涨停板，让她赚了一笔小钱。于是，谭百合就想趁着现在还有空闲时间，还有点小钱，去往她从小就梦寐以求的"神秘"埃及游玩一番。

谭百合选择目的地埃及还有一个原因，就是据她了解，埃及还是一个相对落后的地方，最适合她这种小白领"穷游"。于是她便踏上埃及之旅，并因此遇上学长文健。

"太有缘分了！"谭百合当时激动的一句话犹在文健耳畔。

文健也觉得有些巧合，但他没有谭百合那般激动。他当然也不知道他就是谭百合一直喜欢的类型。只是两人相处了12个小时，他发现谭百合对他也貌似依依不舍。

不见谭百合回复信息，文健便躺到床上去，他继续查看其他微信信息。

微信里还有广东潮汕高尔夫球队队长问及他的近况，北京长城长高尔夫旅游公司的老板娘冯珊问他是否参加埃及球赛，吴顺德会长告知他抵达埃及开罗的时间……但是，就是不见夏冰回复。准确地说，他刚刚才发现他发给夏冰的信息，已经发送不出去了。

Sunrise度假酒店占地面积很大，除了主楼和大型游乐设施，还有十几栋供游客住宿的副楼。虽然文健住在较远的副楼，但房间里的Wi-Fi信号很强。文健就充分利用这里免费又快捷的Wi-Fi，将手机里的照片和视频传送至百度网盘。

"想我吗？"

凌晨两点，就在文健传输完毕照片准备休息的时候，他的微信上突然弹出一条信息——是谭百合！

文健没想到这么晚了，谭百合还在线。

文健更没想到，谭百合居然直接问了这么一句！

见谭百合回复信息，文健一时有些兴奋，但不知道该怎么回复她。

回个"想"字就显得暧昧，谭百合毕竟比他小得多，文健不敢往男女恋情方面想——并不是他不喜欢谭百合，而是他不敢奢想。回个"不想"吧，当然有点伤人，何况自己刚才玩了那么久手机，其实心里多少在等谭百合给他回信息。

"玩得怎样？"文健只好回避了她的问题。

"很好啊，但有你在会更好！"谭百合又是这么直接，还打了个俏皮笑脸。

"那就来红海吧。"文健又不知道该怎么回复才合适，安静了一会儿，他才给谭百合回复了这么一句。

……

第 7 节

　　肚皮舞源自埃及，是一种带有阿拉伯风情的特色舞蹈。其最大特点是跳舞者随着变化万千的音乐节奏摆动腹部和臀部，舞姿优美且变化多端。

　　坐落在云南香格里拉地域中心部，风景如画的玉龙雪山国际高尔夫球场，是亚洲地区唯一的雪山高尔夫球场。玉龙雪山球场因海拔较高，空气稀薄，地心引力小而特别设计的长达8415码的球道，被英国伦敦吉尼斯世界纪录公司列入一项高尔夫世界纪录。

　　此时此刻，昆明彩云高尔夫旅游公司老板古伟峰就在玉龙雪山高尔夫球场刻有"吉尼斯世界之最"的石碑之前，殷勤地帮彝族姑娘刘佳芸拍着照片。

　　古伟峰是玉龙雪山国际高尔夫球场的常客，他经常带着客人来到这个最具特色的雪山球场打球。但古伟峰这次带来的刘佳芸，却不是来打球的，而是来游玩的。

　　"来这个球场拍照片最漂亮了。在你身后就是海拔5596米、北半球纬度最低又终年积雪的玉龙雪山。" 古伟峰一边拍照，一边对着S形身材的刘佳芸说道，"可惜你还不会打高尔夫，不然的话，我们今天还可以在绿色的球道上一边打球，一边拍美照，那样拍出来的照片才叫美！"

刘佳芸是昆明一舞蹈瑜伽培训班的教员，一个月前才认识古伟峰，还没来得及跟他学打高尔夫。

"没关系，等我们从埃及回来之后，你就开始教我吧。"摆着各种姿势的刘佳芸娇气地说。

"你呀，那么想去埃及，我这次可是为了你才去的哦！"古伟峰讨好地对刘佳芸说道。

"我就是一直想去埃及，特别想去那边见识一下埃及真正的肚皮舞。"

刘佳芸之前就听她的舞蹈老师说，每当夜幕降临，在埃及的尼罗河两岸便会停靠一些游船，游船上便有肚皮舞表演。

肚皮舞源自埃及，是一种带有阿拉伯风情的特色舞蹈。其最大特点是跳舞者随着变化万千的音乐节奏摆动腹部和臀部，舞姿优美且变化多端。近些年来，肚皮舞在国内更是作为一种女士新型减肥方式流行了起来，作为舞蹈教员的刘佳芸自然对该舞蹈产生了浓厚兴趣，她甚至想着自己学会了，再找人投资一个舞蹈俱乐部，专教肚皮舞。

"关于肚皮舞的起源，还有一个传说。"刘佳芸多少做了点功课，她接着对古伟峰说，"相传有一位身材苗条而美丽的年轻女子，在结婚之后，一直没有小孩。伤心的女子来到一座埃及神庙，向神灵祈祷，在神灵引导下，她动情地在神像前投足、扭腰和摆臀，好似在跳舞。后来神灵圆了她生小孩的愿望，而她的这种'舞蹈'成为一种祭祀舞蹈，最终才演变成为现在的肚皮舞。"

"呵呵，我听说跳肚皮舞好处多多，可以促进女性荷尔蒙的分泌，是不是还可以促进性欲呢？"古伟峰突然一脸坏笑起来。

"讨厌，又来了！"刘佳芸嘟起嘴，"就爱嘴贫。"

"哎，谁让你去埃及又不跟我一起同住，害得我还要补房差，你还是跟我同一个房间吧，我保证会在两床之间画条线——过线是禽兽。"古伟峰举起右手，信誓旦旦地说道。

"然后不过线就是禽兽不如吧？切，就知道你那坏心思。"刘佳芸嘟着嘴，假装生气道。

"好吧，好吧，那回来之后就'可以'了，是吧，我的天仙妹妹？"古伟峰笑歪歪地看着刘佳芸。

"那还得看你的表现哦。"刘佳芸扮了个鬼脸。

长得有点仙姿玉色的刘佳芸，其实也喜欢阔少型的古伟峰，就是不想跟他发展得太快，而且她今年才刚满22岁。

比刘佳芸大6岁的古伟峰，身材不高不矮，体格不胖不瘦，长着两只招风耳，谈笑倒是风趣，很懂得讨女孩子欢心。

在玉龙雪山国际高尔夫球场不远处，是著名的丽江玉龙雪山旅游景区。在玉龙雪山球场拍完照之后，古伟峰就带着刘佳芸一起到景区，观看张艺谋导演策划打造的《印象·丽江》大型实景演出。

总投资高达2.5亿元的《印象·丽江》以玉龙雪山为背景，在海拔3100米的世界最高露天剧场——甘海子蓝月谷剧场演出。参与演出的演员是来自彝族、纳西族、普米族、藏族和苗族等10个少数民族的500多名普通农民，他们用最原生的动作，用最质朴的歌声，真情演绎，给观众奉献了一场场涤荡灵魂的文艺盛宴。

在玉龙雪山国际高尔夫球场打完球，再到雪山上观看实景演出，也成为许多高尔夫爱好者的必然之选。

同一天，在毗邻云南的国度——缅甸，林大铭正一个人在超百年历史、自然环境优美的仰光丹英贡高尔夫球场打着球。

始建于1909年，由英国人设计的仰光丹英贡高尔夫俱乐部，是缅甸最"老资历"的高尔夫球场。

"79，Very nice！"球童竖起大拇指对着林大铭赞扬道。

刚刚打完18洞，球童帮林大铭统计了一下总杆数——林大铭今天打出79杆的好成绩！

"79杆，真不可思议！"从来就没有打过"7字头"杆数的林大铭，自言自语地感叹道。

79杆的成绩可是达到了"单差点"水平，这可是林大铭一直以来梦寐以求的"破8"成绩！

林大铭是海南最早开办高尔夫旅游公司的老板，他打高尔夫的时间也蛮久，有二十来年。二十来年他从来就没打出"7字头"的杆数，特别是这几年，他的成绩一直徘徊在88杆左右。

究其原因，林大铭觉得主要是他的一号木杆发球不够远，导致在四杆洞，他经常要花掉三杆才能将球攻上果岭——四杆洞标准打法应该是打了两杆之后，将球击上果岭。也就是说，他在四杆洞，经常要浪费一杆。

而最近一个多月来，林大铭的成绩突飞猛进，从88杆降到85杆、84杆、83杆，直至降到前几天的82杆！今天，他更是打出了他个人历史最好成绩——79杆！林大铭总结原因，就是他在四杆洞可以只花两杆将球击上果岭，所以他的总杆数一下子就降下来了。

一场球18洞就有10个四杆洞，如果每个四杆洞少打一杆，那就意味着总杆数可以减少10杆！

从事高尔夫行业的林大铭其实也认识不少专业的高尔夫教练，但教练们都用标准而规范的方法教他挥杆，没有人根据他的实际情况帮他做调整，所以他的成绩一直就没怎么提高。直至一个多月前，有一位从缅甸来的"左撇子"高尔夫老球友，在跟林大铭下场打了一场18洞之后，他给林大铭支了一招——就是让他的右脚站位比左脚的站位退后半步。就这么一个反传统的怪招，让林大铭的一号木杆突然打远了，成绩也有了突破。

林大铭用一号木杆发球，其实也能够打出距离。只是他一旦发力，球就会出现右曲而出界，导致不稳定。所以他只好按短距离的方法来挥杆。调整了这种特别站位之后，他不管怎么发力，球都很难跑离球道。这样一来，开球有了距离，他便有机会在第二杆将球攻上果岭了。

打出79杆的成绩，林大铭暗自高兴，这不仅仅是他终于打出"单差点"水平，还可能使他因此成为本次埃及高尔夫球赛的"黑马"球手。林大铭之前报上去的"差点"水平，并非"单差点"成绩，而且几乎所有认识他的人，都认为他就是"大8""小9"的水平，包括曾经跟他打过一次球的文健。

打完一场18洞之后，林大铭便赶到缅甸最知名的一家中国餐厅——位于仰光的食味轩酒家，这是他此行的主要目的。

林大铭开办的高尔夫旅游公司，一直只做本地高尔夫订场和本地接团服务。但近两年，随着高尔夫行业变得不景气，他的接单业务量急速下降，他也开始思考要"走出去"了。

就在不久前，林大铭接待一位从缅甸前来三亚度假打球的球友。从缅甸球友那里了解到，曾为英国殖民地的缅甸，其高尔夫球运动比中国还早几十年而且更为普及。

"在缅甸，政府官员和军人也是允许打高尔夫的。几十年前的缅甸军政府甚至出台上校军衔以上的现役军官可在军方球场免费打球的规定，将高尔夫球运动定位为培养军官素质的健康有益的社交运动。如今缅甸不仅高尔夫球场众多，而且性价比高。在历届政府的推动下，打高尔夫的有高官达人，还吸引了越来越多中产阶级参与。正因如此，近年前来缅甸打高尔夫球的外国人也越来越多，其中尤以韩国人为甚。三五成群的韩国人，成了缅甸各球场的一景。"缅甸球友如是说。

球友还跟林大铭透露了一个重要信息，在缅甸打高尔夫的华人，经常聚集在食味轩酒家，因为这个酒家的老板，不仅是喜欢打高尔夫的中国人，他还是缅甸仰光高尔夫球协会的秘书长呢。

因此，林大铭这次就专程来到缅甸，不仅是来体验当地的高尔夫，更重要的是找食味轩酒家的老板，看看是否有机会共同拓展中缅的高尔夫旅游市场。

第 8 节

埃及大多数高尔夫球场都允许将球车开进球道，这在中国高尔夫球场是比较少有的。

"Good shot！"Belinda连连拍起手掌来！

一大早，Belinda便驱车带文健来到埃及最为著名的Soma Bay高尔夫球场。在文健击出第一个球之后，Belinda忍不住赞赏起来。

"你这个球应该有280码左右，你的一号木杆实在太厉害了！这个四杆洞，全长400码，你只要接着轻松地打个120码，就可以标ON了（标准杆上果岭之意）。"

"谢谢！这个Soma Bay球场果然很漂亮，很独特。一边是清澈蔚蓝的红海，一边是撒哈拉沙漠，在如此得天独厚的地方打球，简直就是一种享受。"文健回应道。

"看，我没介绍错吧？这个球场是我最喜欢来的，它曾被德国杂志《高尔夫日志》评选为欧洲以外最棒的球场。打高尔夫最讲究心态，来到这里打球，心情好，球自然就会打得好。"Belinda会心一笑。

Belinda说完，就走到文健刚才发球的蓝色T台前面30码处的红色T

台。轮到她开球了。

蓝色T台是业余男子球手的发球台，红色T台是业余女子球手的发球台。

今天Belinda穿着白色高尔夫短裙，当她携带一支黄色木杆走上红色T台的时候，一阵海风吹起她的长发和裙子，在绿色球道的背景下，简直成了一道亮丽风景。

站在后面的文健简直看呆了，他心里暗暗称美。

"好，好球！"在Belinda挥杆之后，文健拍手叫好。

Belinda也用一号木杆开了一记好球！

文健连叫两声好，一是身材窈窕的Belinda的挥杆姿势实在优美——挺胸、翘臀、上杆、扭腰、顶胯、甩杆、翻腕和收杆，一连串漂亮动作一气呵成，二是Belinda这个击球，方向很直，还击出了约230码的距离。红色T台与蓝色T台相隔30码，也就是说，Belinda发球之后，离果岭还剩下140码。140码的距离对一般业余球手来说，只要再打一杆就可以将球击上果岭了，对于水平较高的Belinda，估计更不成问题。

只要在四杆洞可以用两杆攻上果岭，便有机会打出最理想的"小鸟"球（比标准杆少一杆），就算打不到"小鸟"球，也容易拿下"帕"球——也就是标准的四杆。

两个人发完球之后，接着开起球车，并将球车从车道开进了球道。

埃及大多数高尔夫球场都允许将球车开进球道，这在中国高尔夫球场是比较少有的，这点又让文健感觉爽了一把。

球车首先开到Belinda的小球旁边，Belinda的球比文健的球落后20

码，所以先由Belinda接着击球。

"ON了，好球！"如文健所料，Belinda第二杆就将小球稳稳地击上果岭，而且小球离球洞还不太远。

"铁杆也打得不错。"文健点头夸道。

接着，文健从球包里挑了一支九号铁杆，并走到前面20码处的小球旁击球。

"撞旗杆了，漂亮！"Belinda惊呼。

文健用九号铁杆击球后，小球居然幸运地撞上了插在球洞里的旗杆，接着小球落在离球洞不及半码的位置。很快，他听到Belinda继续说道："死鸟，免推了！"

文健乐了，他乐的不仅是他在第一个洞便打出了低于标准杆的"小鸟"球，他更想不到的是，普通话很一般的Belinda居然会说出"死鸟"的高尔夫中文术语——所谓"死鸟"就是铁定是"小鸟"球之意。

文健不知道Belinda在北京大学念中文的时候，还会时不时跑到北京各个高尔夫球场打打球。中国任何一个高尔夫球场，都有球童跟随服务，Belinda就是从球童那里学到很多地道的高尔夫中文术语。

文健心里清楚，接下来他只须用推杆对小球轻轻一碰，便可将小球推进球洞。这种情况，只要对手同意"免推"，他也就不用再推了。而Belinda的小球离球洞还有约9码的距离，这样的距离想用一杆推进可不容易。一般小球上果岭之后，按标准也是须用两杆推球进洞的。

Belinda带着推杆走上果岭，准备推球。

文健也跟着，他同时观察了一下果岭。

这第一洞的果岭修剪得非常平整，而Belinda的球位到球洞还有个小坡度，因此，如果Belinda采用直推的话，那想一杆推球进洞就更难了，搞不好，还得三推——多花两杆。

咚！

咚的一声！

却听咚的一声，Belinda居然把球推进洞了！

"进了，厉害！"文健想不到Belinda竟然一杆就把球推进，他对着Belinda竖起大拇指赞赏了起来，"你只用一杆推进，也是'小鸟'球啊！"

这时Belinda也冲着他俏皮一笑，她知道文健并不知晓她最大的优势就在短杆，特别是推杆。可以说，推杆才是她的绝杀。

"下一个洞是五杆洞，难度较大，它的总长度达599码，是这里最长的一个洞。这个超长的五杆洞，一般人能打出个'柏忌'球（多于标准杆一杆）也就偷笑了。另外3个五杆洞分布在第九、十和十三洞，平均在470码左右。"Belinda接着对文健说道，她果然对这个球场了如指掌。

国际锦标赛标准的高尔夫球场都是4个五杆洞、10个四杆洞和4个三杆洞，埃及的高尔夫球场和中国的高尔夫球场的球洞在设计上没有两样，不同的只是每个洞的码数和难度。

紧接着，两人又边开车边欢聊地来到了第二洞。

经过第一洞的热身，文健算是活动开了筋骨。对于这么超长距离的球洞，文健从策略上，必须发个较远距离的球，否则，想只用三杆就将小球击上果岭，几乎不可能。

"Oh，my god！"就在文健发球之后，Belinda尖叫起来。

文健在挥杆之后，也一直盯着小球，他知道Belinda尖叫的原因——他刚刚击出的小球，不仅落点在310码的位置，而且那个位置正好是个斜坡，小球又向前滚了20码。也就是说，他刚才轰出了330码的超远距离！这个球洞是599码，剩下就是269码左右，他完全有可能再用两杆就可以将球攻上果岭。

"幸运球而已。"文健笑道，他知道他把自己最大的优势发挥出来了。接下来，他只要用三号木杆再打个240码，那剩下的29码，他又可以轻松将小球击上果岭。

但文健并没有得意忘形，他知道他的短杆还是相对较弱。如果没有将小球切近洞口，那他估计还要花掉两杆。

……

第9节

"大金字塔和守护在它身边的狮身人面像都很壮观，也令人感动。可惜你不在，要是你也在身边，那该有多好啊！"

狮身、人面

狮身人面像

与金字塔同为古埃及文明象征的遗迹……

在去往红海的大巴上，谭百合又发送了几张照片到文健的微信上。这几张照片，是她刚刚在胡夫金字塔附近的狮身人面像拍的。

"狮身人面像究竟是谁建造的，至今还是一个谜。传说公元前2610年，法老胡夫在巡视自己快要竣工的陵墓——大金字塔时，发现采石场上还留下一块巨石。他立即要求石匠们将巨石雕塑成一只狮子模样。在古埃及，狮子是力量的象征。石匠们为讨好法老，别出心裁地将狮子头像雕塑成胡夫的面像……我还以为狮身人面像不是很大呢，原来这石像居然高达21米，身长57米，光耳朵就有2米长呢。"谭百合同时在微信附上这么长长的一段文字，她知道文健还没见过金字塔，更没有亲眼目睹过狮身人面像。

过了一会儿，她见文健没有回复她，又继续留言：

"大金字塔和守护在它身边的狮身人面像都很壮观，也令人感动。可惜你不在，要是你也在身边，那该有多好啊！"

都说人生总是要两次冲动：一次奋不顾身的爱情；一次说走就走的旅行。如果在独自一人的旅途中，邂逅一场美丽的爱情，那该有多完美。谭百合给文健发完微信后，一边望着沿途风景，一边托着下巴美美地想。

与文健虽然只有短短的12个小时相处，但谭百合已经喜欢上他。她觉得这像是老天有意给她安排这么一场美好姻缘似的，她怎么都不想辜负了。

接下来，该采取主动了……

"Well done，收工鸟！"Belinda冲着文健甜甜一笑。

就在谭百合前往红海的路上，文健跟Belinda在Soma Bay高尔夫球场继续较量着。

文健没有想到，他的第二洞又打出了一个"小鸟"球，而Belinda却失误地打出了一个"柏忌"球。这自然与他在长洞使用木杆能打出较远距离有很大关系。然而因为短杆不够精准，在紧接着的15个洞中，文健不仅没抓到"小鸟"球，还时不时打出"柏忌"球。直至最后的第十八洞，他才如愿地抓到第三个"小鸟"球。而Belinda却从第三洞开始发威，在剩下的16个洞中，又拿下四个"小鸟"球。

结果，Belinda以74杆的成绩，赢了78杆的文健！

"真厉害，太佩服了！如果你最后一洞不是失误地推出'双柏忌'球（比标准杆多两杆）的话，你今天就打出标准的72杆啦！"文健有点佩服到五体投地地对Belinda说。

文健的最好成绩也不过是75杆。他深知75杆以下，每减少一杆都极其不容易，这不仅有球技问题，还跟心态有莫大关系。

"要是你也参加这次比赛的话，冠军肯定非你莫属。"文健接着感慨地说。

"那不一定哦，你别忘了，这个球场我经常泡，而你才第一次打，你第一次就能交出这么好的成绩，我觉得还是你的胜算会大些。要知道，比赛场地可是在开罗的Dream Land高尔夫球场，那可不是我的主场。如果不是我的主场的话，我就未必能打这么好。"Belinda谦虚地说。

Belinda的话还似乎带着安慰，她接着说："其实你今天也有可能打出74杆，甚至是标准的72杆。而你却在第五、八、十四和十六的四个三杆洞中，出现了三推，有点可惜。我觉得你的推杆动作有点小问题，我们明天再打一场吧？我带你去附近的Makadi高尔夫球场吧，那是一个真正的沙漠球场。到时我再观察一下你的推杆方法，看看能否帮你调整一下？"

Belinda的话，让文健感激起来。他知道，Belinda今天主要就赢在推杆上，Belinda的推杆也确实很精准。

其实文健还不知，今天Belinda在前面17个洞都打得非常认真，在最后的第十八洞，她也完全有可能交出个"收工帕"（最后一洞打帕球之意），但她故意把球切偏，接着又故意失误，只把球推到洞沿，最后才推球进洞，多用了两杆。

Belinda之所以这样做，是为了让文健保持多一点信心。

文健当然也不知道，经过短短一天一夜的接触，Belinda也暗暗喜欢上了他。都说球品如人品，打一场18洞的高尔夫，相当于你认识了他18年。Belinda就是跟他打完18洞之后，开始了解文健，从而喜欢上了他。

"怎么样，你要请我去红海玻璃船玩哦？"看着一脸感动的文健，Belinda突然俏皮地说。

"没问题啊，那现在就去吧。"文健爽快地点了点头。

今早在来Soma Bay球场的路上，文健就向Belinda了解球场附近还有什么好玩的。Belinda跟他说附近就有个可以观赏海底生物的玻璃船，她也没有去过，如果今天谁打球输了，谁就得请客去坐坐玻璃船。

所谓玻璃船，就是一种船底装有玻璃观光层的游艇。通过透明的玻璃，可以近距离地观赏水下形态各异的海洋生物，还有色彩斑斓的活珊瑚。由于红海的海水清澈见底，这种玻璃船就极受游客青睐而成为红海一大特色旅游项目。

回到球场会所，Belinda直接把车钥匙丢给了文健，并"一脸严肃"地对他说道："我负责教你推杆，但从现在起，你可要当我司机哦！"

"没问题，没问题！"文健接过沉甸甸的车钥匙，连连说了两声。

文健来埃及本来就是想租车自驾游的，这下倒好，有部豪车供他免费驾驶，那可是求之不得的呀。

在高尔夫球会所洗完澡，换完衣服，文健就先到停车场，把Belinda的玛莎拉蒂跑车开到会所门口。

很快，Belinda在球会总经理的作陪下，从会所走了出来。

从会所缓缓走出来的Belinda一袭白衣，头戴着白头巾，像个高贵的阿拉伯公主。

文健又有点看呆了，此时的Belinda在他心目中更加高贵起来。

"Hi，没见过美女啊？"走近车子的Belinda，似乎觉察到文健的眼神有些异样，她故意冲着他说。

"哦，哦，你好美！"文健回过神来，但他没有拐弯抹角，他也感觉到Belinda话语中表现出对自己容貌的自信。

"呵呵，谢谢！飞车吧，我们这里没有测速的。"Belinda一番好心情。

第 10 节

> 红海是大自然对埃及美丽的馈赠。没有河流注入,没有工业污染,清澈的红海成为埃及漫漫黄沙中一抹令人陶醉的蓝宝石。

快到红海Sunrise度假酒店时,谭百合心里一阵激动——很快就可以见到自己的意中人了。昨晚文健让她来红海,并留了一个酒店的地址给她,但谭百合故意不透露她今天便会立即过来。

她想给文健一个惊喜!

在飞机上,谭百合已经大致知道文健的行程安排,她知道文健会在红海待上几天。所以,今天一早去狮身人面像看完日出后,谭百合便立刻坐上了开罗开往红海的大巴。

经过六个多小时的车程,谭百合终于来到了美丽的红海。

红海是大自然对埃及美丽的馈赠。没有河流注入,没有工业污染,清澈的红海成为埃及漫漫黄沙中一抹令人陶醉的蓝宝石。明媚阳光照耀下的红海,透着宝石般的湛蓝。海水之清澈、颜色之纯净令人心醉,令人难忘……

就在谭百合到达Sunrise酒店时,文健正跟Belinda登上一艘玻璃船。两人一登上玻璃船,就被船上热烈的气氛感染了——只见船员和游客正在节奏明快的音乐下，手拉手激情跳舞。

集体舞蹈最容易感染人，见到此形此景，心情愉悦的Belinda，就一把拉起文健的手，加入了跳舞的人群中。

一开始Belinda和文健也跟大家手拉手，踩着明快的脚步跳舞。跳着跳着，Belinda突然一个轻盈的旋转，旋进了人群中央，她跳起了阿拉伯风情舞。很快Belinda成了人群中的主角，大家围着衣袂飞舞的她，继续更加欢快地跳舞。

如果说洒脱挥杆的Belinda让文健看呆了，那翩翩起舞的Belinda就让文健看醉了！

Belinda也醉了，她陶醉了，陶醉在人群中，陶醉在文健欣赏的目光中。

大家就这样一边享受音乐，一边享受海风，在游船甲板上开心地跳舞。

过了好一会儿，音乐才消停下来，大家也停止了跳舞。

此时玻璃船也开到了离海岸较远的地方，两人这才跟大家一起从甲板走下玻璃层，去观赏海底美景。

玻璃船在海上游弋了两个小时，才回到了原处。

天色微昏，余兴未尽的Belinda邀请文健去品尝红海的海鲜大餐，算是尽一下地主之谊。从小在海边长大的文健，自然喜欢各种海鲜，他更想了解红海海鲜与潮汕海鲜的不同之处，于是便跟Belinda一道吃了晚餐。

美餐过后，两人才开车回Sunrise酒店。

"真是愉悦的一天啊！"当文健带着欢快的心情走回自己房间时，他一边想，要是那可爱的谭百合也在这里就好了，他现在就想跟她分享他这两天的见闻，让她也一起来红海共享游玩的快乐。

今天跟Belinda吃晚餐的时候，文健才打开微信收看谭百合在狮身人面像拍的照片——谭百合依然是那么美丽和可爱。而谭百合给他的留言，更让他怦然心动。他以为谭百合是不可能喜欢上他的，但谭百合所表达的最后一句话，似乎像是某种暗示。

"大金字塔和守护在它身边的狮身人面像都很壮观，也令人感动。可惜你不在，要是你也在身边，那该有多好啊！"文健反复揣摩这两句话。也就是这么简简单单的两句话，让他尘封已久的情感世界又开始"蠢蠢欲动"了。

爱情让人忘记时间，时间也会让人淡忘爱情。失恋一年多的他，或许也该重新开始了。

就在文健走回自己的房间时，他却意外地发现门口贴着一张便笺纸，上面写着"见字回信。百合"。

是谭百合！

居然是谭百合！

想不到谭百合已经来到这里！

文健心里突然一阵欢喜，他怎么都没想到谭百合竟然会来得这么快。

文健赶紧给谭百合发微信信息，他知道谭百合的手机没有开通国际漫游，不然的话，他准会第一时间给她打电话。

很快，谭百合就回复了他："海滩边见，哈BB。"

阿拉伯语"哈BB"是埃及人最常用的问候语，也有等同中文"亲""亲爱的"之意，一般头一天来埃及的人，都会听到这一句。

文健自然知道"哈BB"是什么意思，他见到谭百合回复后，赶紧换了一套休闲服，接着穿上拖鞋后，便往海滩赶去。

海滩离文健住的副楼不到500米。短短500米的距离，文健这一回却觉得有点远。

其实，谭百合早在几个小时前就赶到了Sunrise酒店。到了酒店后，她给前台的服务生塞了十埃镑小费，让他帮忙查一下文健的房间号。原本她想着给文健一个惊喜，却没想到文健并不在房间。于是，在门口苦等了一个小时后，她只好灰溜溜地在门上留了言。

还没到海滩，文健就远远看到身着白裙的谭百合正赤着脚走在沙滩上。她一手提着拖鞋，一手提着裙子，在朦朦胧胧的夜光下，更显得美丽动人。

"Hi。"两人见面之后，异口同声。

再次相见，两人的心似乎更近了！两人都有千言万语似的，却一时不知道要先说什么。文健显得有点兴奋，谭百合则含情脉脉般。

两人相视一笑，接着心照不宣般地先沿着海滩走了起来……

Belinda好久都没像今天这么疯癫过，回到房间，她依然一点睡意都没有。

很久以来，没有一个人让她真正动心过，而身材魁伟而不乏细心的文健，却很快走入她的心扉。

"不知道来自中国的文健，会不会喜欢像我这种一半阿拉伯血统的女子？"过了好一会儿，已经躺到床上的Belinda辗转反侧，想七想八。

还是睡不着，Belinda便打算自个再去海滩走走，吹吹海风。于是她又起身，换上休闲服和拖鞋……

此时，文健和谭百合正在海滩有说有笑。谭百合饶有兴致地跟他讲金字塔、狮身人面像以及相关传说；而文健，也跟她提及撒哈拉沙漠、红海玻璃船，当然也提及了阿拉伯公主般的Belinda。文健知道谭百合还没接触过高尔夫，所以对于高尔夫球场的特色倒没怎么提。

当提及埃及华人首富的女儿Belinda，以及她拥有高超的高尔夫球技时，谭百合心里突然敏感了起来——这Belinda怎么会对认识不到两天的文健如此好，该不会她对文健也一见钟情吧？如果她喜欢文健就麻烦了，人家可是有钱的主，她肯定"竞争"不过人家。

"她，漂亮吗？"谭百合突然停下来问文健。

"嗯，她……"

就在文健准备回答谭百合这个"棘手"问题时，就见到了款款走来的Belinda。

谭百合顺着文健异样的眼神望去，她就见到了文健口中的混血儿Belinda。

文健见到Belinda有些意料不到，都这么晚了，他还以为Belinda早早就休息了。

Belinda见到文健这个时候还跟一位中国女孩在一起，也颇感意外。

短短一天一夜，文健自然也没跟Belinda提及在飞机上认识的谭百合。

"哦，这位就是我刚才介绍的高尔夫高手Belinda。Belinda，这位是我这次在飞机上认识的，谭百合。"文健连忙给她俩相互介绍起来。

"哦，幸会。"两个美女异口同声。

"哦，原来是在飞机上认识的，怎么这么巧，又在这遇见？"Belinda

微微一笑。

"是啊，是啊，我在飞机上听文总说红海很漂亮，就想过来，没想到还能遇见。"谭百合抢着话回答，她并不想让Belinda知道是文健约她来的。

"我们埃及漂亮的地方可多了，你是先去看了金字塔吧？"Belinda猜想，大部分中国游客来埃及，第一站都是先去游览埃及最大的金字塔。

"是的，小时候我们的地理老师就跟我们讲过金字塔，那时我就梦想有一天能亲自来埃及膜拜。"谭百合如实回答。

这时，文健接过话："我还没去看金字塔呢，但听说这次球赛主办方会安排我们去观光，所以我就先来红海了。不过，如果时间来得及的话，我还想先去一个地方。"

"哪里？"Belinda和谭百合又几乎异口同声。

"帝王谷。"文健回答。

"哦，帝王谷！我知道有著名的图坦卡蒙陵墓和木乃伊，我也想去看看。"性格外向活泼的谭百合又抢过话。

"好啊，那明早我们打完球之后，我带你们去卢克索，帝王谷就在这个有'世界最大的露天博物馆'古城里。"Belinda好歹是埃及本地人，自然对埃及闻名遐迩的帝王谷比较了解。

"好啊，那百合也一起去吧？"文健趁机邀请谭百合。

"好啊，好啊！"谭百合也满口答应。

……

三个人接着只是闲聊了一小会儿，考虑到明天一早要赶路，而此时已晚，在文健的提议下，三人便各自散去，回房休息。

第 11 节

"我们下载一部电影看吧——《木乃伊》!"冯珊突然来了兴致。

第二天一早,文健、Belinda和谭百合三人便退了房,一起前往Makadi高尔夫球场。

按昨晚商议的计划,上午文健和Belinda先在Makadi球场打一场球,而还不会打球的谭百合,先自个在球场附近的海边转悠,等文健和Belinda打完球后,他们才会一起驱车去卢克索。

在去往Makadi高尔夫球场的路上,还是由文健开着车。开着车的文健和坐在副驾驶室的Belinda有说有笑,特别是提到高尔夫球场的时候,两人更是越聊越兴奋。而谭百合则一个人坐在后排,渐渐地,她感觉有些孤零零的。

当车子快到球场时,谭百合突然产生了一种"多余"的感觉。看着坐在前面的文健和Belinda越聊越欢,她感觉自己简直都快成了"电灯泡"了。

慢慢地,谭百合觉得文健跟Belinda两人爱好一样,而且都是"有米"一族,他们两人在一起才是最适合的。她甚至开始意识到,自己一穷二白，文健怎么可能选择她呢？

谭百合越想越心灰意冷……

文健想去的帝王谷，是一个充满神秘色彩的皇家陵墓遗址。它是法老图特摩斯有感于先人的陵寝大都遭受盗墓人的侵害，于是在古埃及首都——底比斯山西麓隐蔽的断崖下，开凿了一条坡度很陡峭的隧道，作为存放木乃伊遗体的墓穴。从此以后的500年间，约有60名法老竞相模仿，沿用这种方式在帝王谷构筑自己的岩穴陵墓。

谭百合所知道的帝王谷，是帝王谷里有保存最为完整、被列为世界十大古墓之一的图坦卡蒙陵墓。图坦卡蒙是公元前14世纪中叶埃及第十八王朝的法老，他9岁即位，20岁驾崩，是一位年轻而富有传奇故事的法老，特别是他木乃伊上的纯黄金面具，后来几乎与金字塔一样成为古埃及文明的象征。

此刻想去帝王谷观光的，不止有文健和谭百合，还有在北京博物馆工作的章梓忠和他的妻子冯珊。

"我们先去埃及国家博物馆参观吧？我一直想看看他们的镇馆之宝——图坦卡蒙的面具。3300年前的古埃及人就能做出那么精致的纯黄金面具，简直有些不可思议。"章梓忠对冯珊说。

"好啊，但不是说图坦卡蒙陵墓保存最完整吗？他的木乃伊和面具不在帝王谷吗？"冯珊疑惑地问道。

冯珊也是这次应邀去埃及参加比赛的高尔夫旅游公司老板，她的名字跟国家女子高尔夫球队头号种子冯珊珊只差一个字，但说起高尔夫球技，那可是差个十万八千里。

"图坦卡蒙的木乃伊是在帝王谷,但他的黄金面具在埃及国家博物馆,这是有历史原因的。"对埃及历史有所考究的章梓忠说道。

"千百年来,蜚声世界的帝王谷,是盗墓贼们经常光顾的地方,也是考古学家们的乐园。但在1900年左右,几乎所有帝王谷里的陵墓都被发现了,就是没有发现传说中的图坦卡蒙陵墓。图坦卡蒙陵墓越是神秘,越是激发熟悉古埃及历史的英国考古学家卡特的强烈兴趣,卡特立志一定要找到图坦卡蒙陵墓。于是,从1903年起,卡特就带领助手在帝王谷的每一寸土地上搜索,直至1922年,经过长达19年的努力——整整19年的努力——卡特终于找到了图坦卡蒙陵墓——它竟然藏于另一个已被发现的法老拉美西斯六世陵墓的下面。图坦卡蒙陵墓的发现可谓世界考古工作成功的巅峰,也成为考古史的重要转折点。陵墓所有出土文物超过1万件,每件都是无价之宝。接着卡特又花费3年时间把它们运出墓室,而埃及政府又花费了整整10年的时间把它们运到开罗博物馆,图坦卡蒙的黄金面具也就一直存放在博物馆里向公众展示。"

章梓忠果然对埃及历史颇有研究,他对图坦卡蒙陵墓的讲解,让冯珊听得入迷了。想当年,章梓忠在北京博物馆当讲解员时,冯珊就是被章梓忠的各种精彩解说打动了。后来冯珊经常去北京博物馆听章梓忠讲解,听着听着,就从一位忠实听众,变成了章梓忠现在的妻子。

所以,与其说这次冯珊去埃及是为了参加球赛,还不如说,是为了让章梓忠圆一回埃及梦。章梓忠很早就惦念着要去埃及了,他认为中国和埃及同为四大文明古国之一,论历史的延续性,中华文明遥遥领先,论历史的悠久和文明的繁荣,古埃及文明应该是首屈一指。那个漫天黄沙的国度究竟经历了怎样的兴衰荣辱，一直是他想去实地考察和亲身感受的一大心愿。碰巧有这么一次去埃及的难得机会，章梓忠表现得比冯珊还要积极。冯珊本来打高尔夫就一直是"三轮车"水平（杆数在100杆以上），所以比不比赛对她来说并不重要，而陪老章一起游埃及，才是她此番去埃及的主要目的。

　　章梓忠是冲着探究古埃及文明去的，所以他们就计划先去埃及国家博物馆，再随团去参观金字塔，接着才去帝王谷等地方。

　　"我们下载一部电影看吧——《木乃伊》！"冯珊突然来了兴致。

　　离比赛还有几天时间，亚洲高尔夫发展理事会吴会长和助理李晓小，在埃及高尔夫球协会秘书长Mary的陪同下，提前来到了开罗。Dream Land高尔夫球会总经理Higazi听闻吴会长一行已到来，很高兴。他亲自到开罗机场接机，并安排他们住在球会的酒店——Hilton Pyramids Golf酒店。

　　这一天不约而同到达开罗机场的，还有海南椰林高尔夫旅游公司的老板林大铭。林大铭可谓"静悄悄"地来到埃及——他不仅是一个人来，而且也选择入住在Hilton Pyramids Golf酒店。林大铭知道这次高尔夫邀请赛唯一指定的Dream Land高尔夫球场，就在这个酒店旁边，他想从今天开始，每天都在Dream Land高尔夫球场打上两场球，直到把这个球场摸得滚瓜烂熟。因为他觉得他就算拿不到冠军，夺得个前三名也是不成问题的。亚军和季军的奖金和知名度虽然远比不上冠军，但至少值得这么一拼。

　　登记入住后，稍作休息后的林大铭，便开始下场热身了。

　　就在林大铭开始挥杆的时候，文健也跟Belinda在Makadi高尔夫球场开始击球了。

相对Soma Bay球场，Makadi球场是更具沙漠特色的高尔夫球场——球场除了发球台、球道和果岭，其他地方都是沙漠！这个球场，几乎没有像其他球场一样有二级草和三级草，取而代之的是沙子；其他球场常见的树木，在这里也只是寥寥几棵。

"千万不要把球打进沙地里。"一开始Belinda就特别提醒文健道，"这个球场没有什么树木，风力较大，容易把球吹偏吹到沙地里。而且，这个沙地里还有一些细小的石头，在这种沙地里击球时容易让杆头受损。所以你在击球的时候，就要考虑风力和风向，这也是沙漠球场的主要特点。"

Belinda今天跟文健打球，更多像个教练。特别是文健上蓝色T台发球时，她都提醒他拔几根细草往上抛，以判断风向。

"你的推杆用手腕过多，导致开杆面的概率大，所以敲球多于推球，不够精准。你试试两个手臂夹着两肋，然后通过转肩的方式来推送球。"在第一洞上了果岭后，Belinda就开始指点文健推杆，"还有，你双脚的站位太宽，你试试收窄一点。"

"这个是埃及比较有代表性的沙漠球场，如果在这个球场打好了，那这次球赛指定的球场，对你来说就没有什么难度可言。因为考虑到大家都是业余水平，而且不是以竞技为主要目的，这次球赛选择的球场就没这么大难度。"

两人就这样一路打，Belinda一路分享推杆经验和方法，直至两人打完18洞。

"你在前九洞打了40杆，在后九洞打了35杆，总杆是75杆，进步好大啊！"香汗淋漓的Belinda称赞起来。

"这还不是你的功劳啊，前九洞我还不大适应你的推杆方法，到了后九洞，我才开始有所领悟。后九洞我就没有出现过三推了，而且有好几个洞是一推搞定的。你的方法真灵啊！"文健一边擦汗一边感激道，"不过，跟你比还是有差距啊，你今天都打出了标准72杆，比我还少3杆，佩服啊！"

"这已经是我的最好成绩，你也可以，甚至可以打负杆。"Belinda鼓励道。

两个球友惺惺相惜起来。

第 12 节

《一千零一夜》里说:"从未见过开罗的人,就等于没有见过世界。"

一个人兴冲冲地跑来红海会心上人,现在却一个人孤零零地在海边漫步,谭百合心里甭提有多失落。

昨晚终于见到文健,谭百合心里暗自欢喜,她以为接下来就可以跟文健过着"二人世界",谁知道半路却杀出这么一个美女"程咬金"。

谭百合觉得虽然昨晚文健看她的眼神,也开始有些含情脉脉的,像是喜欢她,但两人始终难以再进一步。现在看来,文健应该会更喜欢Belinda才对,或者说,Belinda才适合他。

谭百合越想越失落,她突然萌生一想法——她想暂时"退出"了……

打完球,洗完澡,文健便到球场餐厅与谭百合和Belinda会合。

当文健兴冲冲地来到餐厅时,Belinda已早他一步来到餐厅,这会儿她正跟谭百合聊着天呢。

"Hi!"文健先跟谭百合打了声招呼,"海边好玩吗?"

"挺好的,这个海边真漂亮,海水清澈见底。"谭百合淡淡一笑。

"想吃什么？我今天请客。"文健心情大好的样子，今天他打了个好成绩，何况还对着这么两位大美女呢。

Belinda立即接过话："不用了，球会总经理已经交代今天免单。"Belinda果然不同凡响，她接着说，"你们喜欢吃什么点什么。"

文健和谭百合听完之后，都表示了谢意。但谭百合的心里更不是个滋味了。

很快，三人吃完午餐，接着他们又开起Belinda的豪车，正式上路了。

在去往帝王谷的路上，谭百合又一个人感觉孤单地坐在后排。

路上，文健不再跟Belinda聊高尔夫，这一回，他总是主动跟坐在后排的谭百合搭话，让她谈谈这几天在埃及的所见所闻。文健喜欢谭百合不仅仅善于描绘景点，她更会经常脑洞大开，加入各种离奇古怪的想法，让人听起来觉得十分有趣。

这也是文健喜欢她的原因之一，他觉得与这样的女孩聊天，简直是一种乐趣和享受。

Belinda也爱插话，有时讲起来还喋喋不休。这也难怪，她本来对埃及这个地方就比较熟悉。在去帝王谷的路上，Belinda更像是一名导游，跟两位第一次来埃及的中国游客，讲解埃及的名胜古迹和风土人情。

三个人便这么一路说着说着，来到了位于卢克索的帝王谷。

到了帝王谷，文健果然被帝王谷的宏伟和艺术震撼了。

帝王谷坐落在一片荒无人烟的石灰岩峡谷中，在那断崖底下，竟有60多座帝王陵墓，埋葬着埃及第十七王朝到第二十王朝期间的法老。特别是最大的第十九王朝塞提一世陵墓，从入口到最后的墓室，水平距离210

米，垂直下降的距离达45米，巨大的岩石洞被挖成地下宫殿，墙壁和天花板布满壁画，装饰华丽，实在令人叹为观止。

在最为闻名的图坦卡蒙陵墓里，还能看到3000多年前图坦卡蒙法老的遗体——也就是他的木乃伊，而进入其墓穴的通道，两壁的图案和象形文字依然十分清晰。

"法老们对神的虔诚信仰，很早就形成了一个根深蒂固的来世观念，他们认为人死后会在另一冥世里复活。受这种观念的影响，法老在活着的时候，就兴师动众地为死后做好准备。他们会花费几年，甚至几十年的时间去建造他们自己的坟墓，还命令匠人以坟墓壁画和木制模型来描绘他死后要继续从事的驾船、狩猎和欢宴活动，还有奴隶们应做的活计等，以便他能在死后跟生前一样生活得舒适如意……"熟悉埃及古代历史的Belinda充当起导游角色，她讲起来也确实头头是道，让文健和谭百合听得津津有味。

"帝王谷中最值得参观的主要陵墓有图坦卡蒙陵墓、塞提一世陵墓和拉美西斯三世及六世陵墓等。有一些陵墓一般不对外开放，只供学术研究用。"帝王谷虽然壮观无比，但并不是所有陵墓都向游客开放，而且全部都不给拍照。文健和谭百合只能听Belinda讲解，而遗憾无法拍照。

据说不给拍照的原因，是担心闪光灯影响壁画和相关遗物。Belinda给出这样的解释。

"真不虚此行！"参观完帝王谷之后，文健十分感慨地说了这么一句话。来帝王谷之前，他还以为帝王谷跟北京明十三陵的规模差不多，但没想到，同为世界文化遗产，北京明十三陵跟帝王谷无论是规模还是历史，都不是一个等级的。

帝王谷的超大规模和艺术高度让文健想象不到,当他从帝王谷出来之后,还有一事,让他也万万没想到——那就是谭百合在来帝王谷的路上,已经预订好今晚从卢克索开往开罗的火车票!

谭百合的突然告别,让文健感到吃惊,他还以为谭百合会跟他们一起游玩下去呢。

"我还没体验过埃及的火车呢,听说埃及火车的车厢设计很精致,我想去体验一下。而且你们又要赶去开罗参加比赛,我觉得先不影响你们,等球赛结束后,我再来找你们一起玩。"这是谭百合离开的理由,听起来似乎合情合理。

"其实也没影响的……"文健十分舍不得,可是谭百合已经买好火车票,从卢克索开往开罗,行程可是需要十几个小时,估计票价不菲呀。

"没关系的,《一千零一夜》里说:'从未见过开罗的人,就等于没有见过世界。'所以我还想在开罗多游玩几天呢,我们还有机会再见面的。"谭百合口是心非,其实心里也一万个舍不得。

这个时候,见到文健和谭百合两人依依不舍,敏感的Belinda似乎也觉察到了什么。

Belinda突然走近文健,挽起文健的手臂,接着对谭百合说:"放心好了,我保证他一定能拿冠军。"

Belinda突然的举动和言语,让文健和谭百合都有些小吃惊。

"我相信,加油!"谭百合突然朝着文健,展开手臂。

文健见谭百合朝着他张开双臂,他趁机将手臂从Belinda的手里抽了出来，并礼节性地拥抱了一下谭百合。

"谢谢！我们在开罗见吧！"文健对谭百合恋恋不舍地说道。

离开帝王谷，文健又继续开起车子，在Belinda的指引下，来到卢克索城区的一家五星级酒店，原来那是华力集团自己的酒店。

第13节

美丽的海滨县城惠来，不久前被评选为"广东海上丝绸之路十大文化地理坐标"之一。

当文健离开帝王谷时，林大铭已经在Dream Land高尔夫球场打完两场18洞了。

林大铭到Dream Land球场之前，以为那只是个满地是沙子的球场。然而，当他来到这个球场时，他发现这个球场四周的绿化程度，竟出奇的好。

这个球场，不仅有非洲特有的超大仙人掌，还有亚洲各种热带树木，甚至还有几棵堪称广州市花的木棉树。而球道和果岭的植被，虽比不上具备气候和地理优势的海南，但也算维护得相当不错。

能在满地黄沙和水资源匮乏的沙漠地带，建造这么一个绿草如茵的高尔夫球场，实属不易。林大铭有点感慨。

Dream Land球场是符合国际锦标赛标准的高尔夫球场，它一共有10个四杆洞、4个五杆洞、4个三个洞。球场除了风力较大以外，其他难度似乎并不大。选择这样的球场比赛，多少还是考虑了各选手的"差点"水平。

第一场林大铭便打了82杆，而第二场他开始熟悉这个球场了，他又打出了"7字头"的好成绩——79杆。

"如果再打多几场，成绩或许会更好。"林大铭自言自语，又开始信心满满了。

打完球，大汗淋漓的林大铭回到会所更衣沐浴。他发现这个球会居然还有一个SPA泳池——在这个"水比油贵"的沙漠地带有这种配套，更是难能可贵。于是他便跑去水池泡个美美澡，再请人按摩一下。

文健跟随Belinda到了酒店之后，才发现有个盛大的酒宴等着他。这显然是Belinda精心安排的。

一到酒宴现场，文健就见到各式各样穿着讲究的人，有黑皮肤的，有黄皮肤的，还有白皮肤的，大家正在一边举杯，一边互相问候。

文健知道埃及85%的人是伊斯兰教徒，大多数不喝酒，所以在埃及能喝酒的地方并不多见。

文健到了现场，Belinda就隆重跟大家介绍起他来。

介绍完毕，Belinda还特别跟大家宣布，华力集团属下的旅游公司，愿与新潮高尔夫旅游公司携手合作，共同拓展埃及和中国的高端旅游市场。

Belinda主动提出合作的意愿，让文健有些受宠若惊。要知道，他的公司虽然曾是广州最知名的一家高尔夫旅游公司，但目前正为客源发愁而面临困境，如果能与华力集团合作，那他算是抱"大腿"了。

Belinda讲完话之后，也请文健讲几句。

文健之前没有什么心理准备，但见过大场面的他，不慌不忙地接过话筒。

文健首先感谢Belinda的精心安排，也感谢大家的捧场，接着他说：

"中国和埃及两国友好交往追溯久远，早在2000多年前，中国汉代朝廷派遣使者前往亚历山大，古丝绸之路成为联系双方的重要纽带。60年前，两国老一辈领导人更是高瞻远瞩，开启了当代中埃外交关系。多年来，中埃两国一直保持良好关系，民间往来也日益频繁。特别是近两年，中国倡导的'一带一路'的合作，埃及更是积极响应和参与。我们欢迎埃及友人前往中国观光、打球和发展，也希望通过与华力集团的合作，让更多中国人来到埃及旅游、打球和投资……阿拉伯有句谚语道'独行快，众行远'，而中国人常讲'朋友多了路好走'，说明我们理念是一致的。新潮公司愿与华力集团通力合作，我相信，我们的合作一定会成功！"

文健的即兴发言，在Belinda翻译后，赢得掌声如雷。

文健的口才原本就不错，加上他的潮汕老家——美丽的海滨县城惠来，不久前被评选为"广东海上丝绸之路十大文化地理坐标"之一，所以他比谁都关注国家"一带一路"的相关热点信息，信息看多了，文健发起言来也就"信手拈来"了。

文健最后的一段话，Belinda似乎也在哪里听过。但她没想到文健竟然熟记在心，还能灵活运用，她暗暗佩服。

Belinda接着引荐文健跟大家一一认识和碰杯，互换名片，她也在一边当翻译。

宴会现场的嘉宾比较多，酒量不咋地的文健跟大家一一碰杯喝酒，不免有些喝多了……

半夜三更，谭百合在疾驰的火车上翻来覆去睡不着。此时此刻的她，多想文健能跟她在微信上聊上几句，哪怕只是发个问候信息。可是等了很久，微信上依然不见文健的任何动静。

原本以为离开文健，让一切随缘，心里会好受些，可越是离开他，越是想他。

戴着耳机的谭百合凝望车窗，窗外竟难得地飘起了小雨。偏偏这时，手机传来歌手常旭阳一首伤感的情歌：

  如果早一点说爱你

  两颗心是否还有距离

  那流淌的是眼泪　不是空气

  请听我说对不起　我爱你

  原来路可以两个人走过去

  也可以一个人徘徊回忆

  雨在那一边覆盖

  脚步的痕迹

  在这边淋湿曾经的心情

  原来不是每一句对不起

  都会换来没关系

  爱情淡了　散了

  我假装镇定

  直到爱擦身后才看清

  ……

孤独的谭百合听着听着，眼角不知不觉流下了眼泪。

第 14 节

小时候曾看过一部名叫《尼罗河上的惨案》的电影，电影里有个神秘人从高高的圆柱上推下一块巨石的惊险镜头，让他至今记忆犹新。

丁零零……

一大早，文健就被枕边的电话座机催醒。

文健接了电话，才知道是Belinda催促他起床。

文健记得昨晚貌似喝了不少酒，然后回到房间后，他便直接躺到床上呼呼大睡了。

"起来吃早餐吧，一会儿你还要当司机，我带你去附近一个好地方——古埃及最大的神庙。"Belinda在电话里头说。

古埃及最大的神庙，就是举世闻名的卡纳克神庙。文健之前听说过这个著名的神庙，但不知道这个神庙就在他下榻的酒店不远处。

文健之所以对那个满是巨大柱子的卡纳克神庙印象蛮深，是因为他小时候曾看过一部名叫《尼罗河上的惨案》的电影，电影里有个神秘人从高高的圆柱上推下一块巨石的惊险镜头，让他至今记忆犹新。

"好的，我马上下来。"文健对这个卡纳克神庙还是蛮有兴趣的。

文健起床后，才发现他的手机没电了，昨晚回到房间后，他没有给手机充电。文健马上找出行李箱里的转换插头，接上酒店里的插座后，开始给手机充电。埃及的充电座跟中国的不同，幸好他来埃及之前就备好了这种双头圆形的转换插头。

手机一边充电，他一边忙着梳洗。

梳洗完毕后，文健就匆匆下楼在餐厅里吃了几个埃及特有的"馕"饼，接着他才回到房间取手机，再开车跟Belinda一起去到卡纳克神庙。

路上，Belinda又充当起导游，给文健介绍起来。

原来，这个目前仍是埃及最大神庙的卡纳克神庙，早在3900年前就开始建造，它是埃及中王国及新王国时期的首都——底比斯的一部分。在公元前1567年开始的古埃及新王朝，每天清晨，法老和他的臣民都要到卡纳克神庙前迎接太阳的升起，迎接他们心中最崇敬的神灵从睡梦中醒来。这说明，卡纳克神庙在古埃及占据何其重要的位置。

车子很快就到了卡纳克神庙。

虽然之前在电影上看过卡纳克神庙，但身临其境地观看这座超大神庙，感觉还是很不一样。文健的第一感觉就是整个人变"渺小"了！

卡纳克神庙内有大小20余座神殿、134根巨型石柱和90多头狮身公羊石像等古迹。巨型石柱高达20多米，人站在高高的柱子下面，像一个小老鼠站在一只大象脚下。每根圆柱上刻的各种优美图案和象形文字，也让文健惊叹不已。

唯一让文健觉得缺点什么的，就是少了谭百合在身边。昨天他们三人一起参观帝王谷的时候，谭百合和Belinda是一左一右地陪伴在他身边。观光的时候，谭百合总是叽叽喳喳地问这问那，Belinda总是滔滔不绝地解说这个那个。

Belinda更感兴趣的却是神庙里的方尖碑，她特别跟文健介绍起来：

"知道埃及还有女法老吧？世界上第一位女法老是哈特谢普苏特女王。这座埃及最高的方尖碑，就是她命人所立。哈特谢普苏特女王是开创古埃及新王国时期一代盛世的图特莫斯一世法老的女儿。她自幼志向远大，立志要成为埃及的最高统治者。成为女法老之后，她花了七个月的时间从阿斯旺采下石料制成当时全埃及最大最高的两座方尖碑，并沿尼罗河长途运输150公里，竖立在这座神庙里。哈特谢普苏特女王在碑上刻下铭文称自己为阿蒙神的子女，以此证明自己承继大统的合法性。"Belinda像是非常崇拜和仰慕女法老。

"你就是现代的女法老。"文健笑着对Belinda说。文健想着Belinda既像富有的公主，又拥有一流的高尔夫球技，可谓现代女法老。

"呵呵，我更希望是你心中的女神。"Belinda却突然深情地看着文健。在北京大学读过中文的她知道，"心中的女神"代表着什么意思。

文健听Belinda这么一说，连忙避开她突然变得柔情的眼神，接着转换话题道："刚才走进神庙大门的时候，我见到通道两边有很多狮身羊面石像。据我所知，埃及有狮身人面像，还不知道原来还有狮身羊面像，这狮身羊面像又代表什么？"

"嗯……狮身在埃及象征威严、力量和王权，这里的羊头则代表我刚才说的阿蒙神。埃及史书记载'狮为百兽之王，象征统御的力量；公羊接受阿蒙神之神力，威力无比'。所以两者结合在一起，就代表着神明的最高权力，寓意法老的力量和生命力。其实，这卡纳克神庙就是献给阿蒙神的，阿蒙神本是卢克索的地方神，后来卢克索才形成了一个崇拜阿蒙神的中心。"Belinda只好先回答文健的问题。

文健感慨道："难怪我之前就听说：'没有到过卢克索，就不算真正到过埃及。'原来卢克索还有帝王谷和神庙这些历史悠久的古迹，真不虚此行啊……哦，对了，卢克索也有高尔夫球场吧？"

"有啊，昨天我们去的帝王谷，在它不远处就有个不错的高尔夫球场，叫帝王谷高尔夫球场。不过，我们这次就不去体验了。我们下午就坐飞机去开罗。我想你应该在Dream Land球场多练几场，等你打完比赛，你想去哪个球场我就陪你去哪个球场，中国不是有句俗话怎么说来着——来日方长。"

"对，来日方长！"文健投以感激的目光。

从卡纳克神庙出来，Belinda就让文健把车直接开到卢克索机场。在卢克索机场，华力集团一架豪华的私人商务机——庞巴迪环球6000，已停在机坪等候他们。紧接着，他俩便登上这架售价高达3亿元的"环球快车"，直飞开罗机场……

第 15 节

"打到7字头,果然每减少一杆都是非常艰难。"打完球,林大铭又开始感慨起来。

就在文健抵达开罗,准备赶往Dream Land高尔夫球会安排的酒店时,林大铭又打了两场球了。

林大铭今天第一场球就打出78杆,比昨天少了一杆。但他第二场又打了79杆,跟昨天第二场一样的杆数。

"打到7字头,果然每减少一杆都是非常艰难。"打完球,林大铭又开始感慨起来。他也开始反思他几次出现的失误,要不是那几个不应该出现的失误,他今天甚至有可能打出75杆的好成绩。

林大铭对Dream Land球场的18个洞都基本摸熟了,但有几个洞,他觉得打得过于保守,如果再放手去搏一下的话,或者成绩会更好,他打算明天再下场试试。

回到球场会所,林大铭又享受SPA去了……

文健和Belinda到达开罗机场之后,两人便分开了。Belinda在开罗并不需要住酒店,另外她还得回集团开罗总部处理一些事情,她在机场跟文健说了一句"祝你好运",便乘集团专车离开了。

　　文健一到开罗机场,就有一种想跟谭百合联系的强烈念头。谭百合的突然离开,让他感到意外,也让他感到内疚。他心里其实是喜欢谭百合的,只是还没找到合适的机会跟她表达。而谭百合最后的举动,他感觉是谭百合误解了他和Belinda的关系。也正是这个举动,使他发现Belinda也喜欢他,但他心里已先"装下"一个可爱的谭百合了。

　　因为担心手机电量不足,今天文健就没怎么敢用手机。这会儿,当文健掏出手机上微信时,却发现有一个重要信息。原来,两天前广东潮汕高尔夫球队的姜总教练也来到了埃及,但他只是去亚历山大探望他的女儿,他的女儿在亚历山大文学院留学。这会,姜教练正往开罗赶来,他打算陪文健在Dream Land球场练上一两场球。

　　文健跟姜教练同是广东潮汕高尔夫球队的成员,彼此早已熟悉。姜教练还是高尔夫职业球手,经常打负杆,有他作陪指导,那当然是求之不得的。

　　文健见到姜教练的信息,一时很兴奋,他赶紧先联系姜教练,并约他晚上一起住在Hilton Pyramids Golf酒店,等明天一早一起在Dream Land球场打球。

　　联系好姜教练,文健却不知道该怎么给谭百合留言了。如果约了她,又不能跟她一起游玩……他想了想,还是等明天打完两场球再联络她好了。

　　到了Hilton Pyramids Golf酒店,文健一边办理入住手续,一边联系吴顺德会长。

　　文健跟吴顺德是忘年交,当年文健开始接触高尔夫的时候,吴顺德便非常看好他,并在他创业初期给予莫大帮助。每一次去香港的时候,文健都会去拜会德高望重的吴顺德；而吴顺德来广州的时候，只要有空，他都会约上文健一起打打球或喝喝茶。

获知文健到达酒店，吴顺德十分高兴。他立即联系了Dream Land高尔夫球会总经理Higazi一起过来酒店。Higazi之前已经听吴顺德介绍过文健，他接到电话后，便带着助理来到酒店大堂。

文健见过吴顺德之后，很快就见到了前来迎接的Higazi和扛着摄影机的助理。

"辛苦啦！"Higazi刚刚跟吴会长学了两句中文，现学现卖。

"哈BB！"文健也用埃及常用见面语，双手合十地跟Higazi打起招呼来。

大家都欢笑起来。

又客套几句后，文健便在Higazi的带领下，跟吴顺德参观Dream Land球场的会所和相关设施。本来介绍会所的情况，是安排在球赛活动开幕仪式那天的，但由于吴顺德的关系，文健也就先睹为快了。

参观完会所，Higazi又安排了两部球车，带着文健和吴会长绕着球场转了一圈，大致地介绍了Dream Land球场18个球洞的情况。

参观完会所和球场，姜教练也正好赶到了酒店。

于是，Higazi便作为东道主，在酒店宴请了吴会长、文健和姜教练等人，Mary也闻讯赶来。

第 16 节

　　夜幕降临，华灯初上，停靠在尼罗河两岸缓缓河水之上的游船，焕发着新的生机。

　　尼罗河，世界上最长的河流，也是埃及的母亲河。早在四五千年前，聪明的埃及人就掌握了尼罗河定期泛滥的规律，并使尼罗河两岸肥沃的土地一直稻花飘香，充满生机。

　　夜幕降临，华灯初上，停靠在尼罗河两岸缓缓河水之上的游船，焕发着新的生机。

　　这天，古伟峰带着一心求学肚皮舞的刘佳芸来到了其中一艘游船上。

　　两人一上船，就见到游船上已经差不多坐满了游客，他们便选择一个最靠近舞台的位置，坐了下来。

　　游船上地方有限，舞台并不大，布置也简单，只见几个手持各式乐器的黑皮肤乐手，正坐在舞台后面，准备弹奏。

　　很快，乐手们便弹奏起悦耳动听而节奏明快的阿拉伯音乐，气氛一下子就被点燃了。

　　音乐一响起，游客就随之兴奋起来，这时船上的服务生也趁机推销起啤酒来。也许游客们都是刚来埃及，找不到喝酒的地方。一见啤酒，大家都纷纷抢着跟服务生购买价格不菲的啤酒。

就在大家开怀畅饮着啤酒时，只见一位上身穿戴红色花边文胸，下身穿着开衩包臀长裙的阿拉伯女郎，赤脚快步地跑到了表演舞台。

阿拉伯女郎一到舞台，便随着音乐节奏开始扭动臀部和腹部。女郎的小肚子起伏摆动，就像波浪一样，甚是好看。

看着阿拉伯女郎激情而性感的表演，大家忍不住鼓起掌来。站在一旁的刘佳芸，更是忍不住随之舞动起来。

见到有游客互动起来，阿拉伯女郎更是主动地把舞动的刘佳芸拉上舞台。她一边继续不停跳舞，一边有意识地传授刘佳芸如何更好地摆动臀部，更快地控制腹部。

游客们见两美女互动起来，掌声更是一浪接一浪。这时，古伟峰连忙拿起手机帮刘佳芸录像，生怕错过任何一个镜头。

毕竟是学舞之人，刘佳芸倒是学得挺快，只见她一边扭动着臀部和腹部，一边还把双手举到头上，跟着女郎一样变换各种手势。

跳了一会儿，刘佳芸感觉有点累了，她也不想喧宾夺主，便主动退了下来。而阿拉伯女郎依旧不停地激情跳着，似乎有永远用不完的精力。

不久，只见阿拉伯女郎越跳越靠近游客，她每靠近一名游客，就有服务生不失时机地举起专业相机抓拍。而船上的游客此刻正亢奋着，一见阿拉伯女郎靠近自己，个个都配合起来合影。

又过了一会儿，精力充沛的阿拉伯女郎跟每一位游客拍完照后，表演才随之结束。表演刚一结束，服务生便拿着刚刚冲洗出来的合影照片，跟游客们一一索要小费。此时大部分游客仍处于兴奋状态，个个都十分乐意地掏了小费。

古伟峰和刘佳芸也是提前来到开罗的，但他俩并没有入住本次球赛主办方指定的酒店。

古伟峰在开罗尼罗河畔的The Nile Ritz-Carlton五星级酒店，开了两间大床房。本来是一人住一间房的，但或许是因为过于兴奋，或者是人在异域他乡，在酒精的催化下，今晚刘佳芸在古伟峰"死缠硬磨"之下，最终半推半就地跟古伟峰住进了其中一个房间……

第17节

"古埃及人为什么要制作木乃伊呢?听说木乃伊的制作方法至今还是未解之谜。"冯珊压低声音问章梓忠,像是怕吵醒木乃伊似的。

埃及国家博物馆是当今世界闻名的大型博物馆之一,珍藏着自古埃及法老时代起约10万多件历史文物,它也是世界上最著名、规模最大的收藏古埃及文物的博物馆。

埃及国家博物馆设有50多个陈列室,共有两层。

第一层文物按埃及古代历史发展顺序展出,在这里可以看到从古王国时期(公元前2686年至公元前2181年)到公元五六世纪罗马统治时期的珍贵文物。古王国时期的展品以孟菲斯为中心的北埃及王墓出土雕像为主,有卡夫勒王坐像、盘腿书记坐像、拉赫梯普国王及王妃民费雷特坐像等。后者为石灰岩着色像,仍保持着鲜艳的色彩。中王国时期,木雕逐渐代替石雕,陈列的彩色木雕士兵像、送祭品人像等极为精致。新王国时期,尤其是第十八王朝的年轻法老图坦卡蒙时期(公元前1341年至公元前1323年),是埃及的繁盛时代,除陈列有吐特摩斯三世、拉美西斯二世、阿孟霍特普四世等像外,还有跪像、蹲坐像等小雕像。

第二层则是按照文物的各种主题展出。

在参加埃及高尔夫球邀请赛的前两天，章梓忠和妻子冯珊也提前来到埃及，他们先到开罗市中心解放广场附近的埃及国家博物馆观光。

章梓忠最感兴趣的自然是博物馆的镇馆之宝——法老图坦卡蒙重达15公斤的纯黄金面具。章梓忠在馆内一个专门展示图坦卡蒙面具的小室，驻足观察，停留了许久。

冯珊则对放置图坦卡蒙木乃伊的巨大棺椁很感兴趣——棺椁共有八个，每个棺椁就像匣子，从大到小一个套一个。最外面的四个是木质，上面用黄金描绘着精致的图案；第五个是石质的，第六、七、八个则是用黄金制造的。让冯珊为之惊叹的是里面最小的一个放置图坦卡蒙木乃伊的金棺，它的重量竟达110公斤。

"真想敲一块下来，呵呵。"冯珊看完金棺后，忍不住跟章梓忠开玩笑说道。

"太震撼了！"章梓忠却感慨地说，"图坦卡蒙的金棺一共用204公斤纯金制成，是人类历史上最精致、最悠久、最伟大的金制品！但这里只珍藏有最内层和最外层的金棺，另一副棺椁却在帝王谷的第62号墓里。等你参赛完毕，我们就去帝王谷参观图坦卡蒙陵墓，去看看另一副金棺，还有他的木乃伊。"

冯珊点了点头，说："嗯。我刚才看到博物馆里面还有木乃伊陈列室，听说里面安放着11具埃及历代法老及其后妃们的木乃伊，有的木乃伊已有3500多年的历史，还保存得好好的。我们一起去看看？"

章梓忠点了点头，跟随着冯珊去到木乃伊陈列室。

到了木乃伊陈列室，只见里面幽静肃穆，紧裹着亚麻布的木乃伊双手交叉放在胸前，仿佛正在安睡。

"古埃及人为什么要制作木乃伊呢？听说木乃伊的制作方法至今还是未解之谜。"冯珊压低声音问章梓忠，像是怕吵醒木乃伊似的。

章梓忠回答道："很早的时候，古埃及人就有灵魂不死的观念。他们认为人死后，其灵魂不会消亡，仍然会依附在尸体或雕像上。而法老们更笃信，只要保存好尸体，3000年之后，他们就会在极乐世界复活。"

"还有一种说法。"章梓忠突然又像回到了之前在北京博物馆当解说员一样，对冯珊继续说道，"在古埃及，流传着这样一个神话传说：很久以前，地神塞布的儿子奥西里斯很有本事，曾一度为埃及国王。他教会了人们从事农业生产，给人们带来了幸福。因此，人们很崇拜他，把他视作尼罗河神，相信人们的生命就是奥西里斯给予的。他有一个弟弟叫塞特，存心不善，阴谋杀害哥哥，夺取王位。有一天，塞特请哥哥共进晚餐，还找了许多人作陪。进餐时，塞特指着一只美丽的大箱子对大家说：'谁能躺进这个箱子，就把它送给谁。'奥西里斯在众人的怂恿下，当着大家的面试了试。但他一躺进去，塞特就关闭箱子，上了锁，把他扔到尼罗河里去了。奥西里斯被害以后，他的妻子女神伊西斯到处寻找，终于找回了尸体。不料，这件事被塞特知道了。他半夜里又偷走了尸体，把它剖成48块，扔在不同的地方。伊西斯又从各个不同的地方找到奥西里斯尸体的碎块，就地埋葬了。后来，奥西里斯的遗腹子荷拉斯出生了，他从小就很勇敢。长大成人后，打败了塞特，替父亲报了仇，并继承了人间的王位。他把父亲尸体的碎块从各地挖出来，拼凑在一起，做成了干尸'木乃伊'。

又在神的帮助下，使他的父亲复活了。奥西里斯的复活不是在人世间的复活，而是在阴间的复活。在另一个世界，他做了主宰，专门负责对死人的审判，并保护人间的法老。这个神话故事开始在民间流传。后来，埃及法老听到了，便利用它来欺骗人民，说法老有神的帮助，因此活着是统治者，死后还是统治者，谁要是反对法老，那么，他活着时会受到惩罚，死后也不能顺利通过奥西里斯的阴间审判。

"此后，每一个埃及法老死后，都要把奥西里斯的神话表演一番。第一步是举行寻尸仪式。第二步是举行洁身仪式，即把尸体解剖，取出内脏和骨髓，制成干尸'木乃伊'。具体方法是，先把尸体浸在一种盐水里，溶去油脂，洗掉表皮。40天后，把尸体取出晾干，在腔内填入香料，外面涂上树胶，然后用布把尸体严密包裹起来。这样，经久不腐的'木乃伊'就制成了。第三步是诵念咒法，为'木乃伊'开眼、鼻、耳和口。最后是埋葬仪式，把'木乃伊'装入石棺，送进坟墓。"

章梓忠的解说让冯珊又一次听得入迷。

章梓忠这一次的解说，不仅仅冯珊听得入迷，就在章梓忠身边，还围着好几个中国游客，个个听得津津有味，而最喜欢听各种神话传说的谭百合，也在一旁竖着耳朵。

谭百合到了开罗之后，就在开罗找了一家经济实惠的旅馆住了下来。接着她开始规划游玩路线，她准备在开罗玩上几天，她还犹豫着要不要在最后一天去观看文健的比赛。

见章梓忠如此熟悉古埃及文明，谭百合就有意无意地跟随章梓忠的脚步，一边听着他的各种解说。

不久，冯珊就发觉一个独自背包的女孩，一直跟着他们。这情形，仿如她当年在北京博物馆一路跟着章梓忠一样。

女孩的样子看起来蛮可爱，冯珊于是冲着女孩笑了笑。

谭百合见冯珊跟她打招呼，也报以一笑，算是礼貌性地回应一下。

看着章梓忠对冯珊很柔情的样子，谭百合又想文健了。

谭百合心想，要是文健也能在一旁这样陪伴她，那该多好啊！

第 18 节

  据说那里热情揽客的商贩与嘈杂的吆喝，还有四处弥漫的香料味与琳琅满目的小玩意，才会让你感受到真正的阿拉伯风情。

  《一千零一夜》里讲："未见过开罗的人等于未见过世界，她的土地是黄金，她的尼罗河是奇迹，她的妇女就像天堂里黑色眼睛的圣女，她的房子就是宫殿，她的空气柔软得像芦荟木般香甜好闻令人喜悦。开罗怎能不是这样呢，因为她是世界的母亲。"只因读过这么一段文字描述，第一次来到埃及的谭百合便决定在开罗多逗留几天。开罗曾是如此辉煌而古老的城市，必有许多历史文明古迹及踪迹可寻。

  逛完金字塔、狮身人面像和国家博物馆，谭百合决定去逛逛那个被称为保存最为完整的阿拉伯世界——汗·哈利利市场。据说那里热情揽客的商贩与嘈杂的吆喝，还有四处弥漫的香料味与琳琅满目的小玩意，才会让你感受到真正的阿拉伯风情。

  到了汗·哈利利市场，谭百合才发现这个古老的集市比她想象中大得多、热闹得多。这里像个小商品市场，商家摊位一家挨一家，摆卖的各种伊斯兰特色的工艺品和古埃及法老文明的纪念品，可谓应有尽有，让人眼花缭乱，确实有一种异域风情的感觉。

谭百合在这里还发现许多商家都在卖一样东西，那就是埃及最为古老的莎草纸画。原来，古埃及人很早就学会了用莎草做纸，莎草纸经过编织与黏结，可以做成任意大小的纸张。古埃及人将他们的思想、工作、生活、宗教活动等画在泥板、石壁和陶片上，再依样搬到莎草纸上，就形成了莎草纸画。

谭百合想起早上在埃及国家博物馆时，就见到其门口专门种植这种莎草，当时还听导游介绍，这种莎草的茎可造纸制画，最早的《圣经》就是抄写在莎草纸上而广为流传的，而其制作方法，还曾一度失传。搞动漫设计的谭百合，便忍不住购买了好几十张莎草纸画，她想着把它当作手信最好不过了。

谭百合在购买莎草纸画后，又发现了一个"熟悉"面孔——是上午在博物馆遇见的冯珊。原来，冯珊和章梓忠逛完博物馆之后，也跑到汗·哈利利市场来了。

章梓忠是奔着感受阿拉伯人的生活来的，而冯珊则是专程过来汗·哈利利市场购买埃及的香精来的。这会儿章梓忠正在附近的水烟馆体验各种水果味道的埃及特有水烟，而冯珊正挨家挨户地挑选着香精。

见到冯珊，谭百合便主动地跟她打了招呼，冯珊自然也记得她，又跟她会心一笑。

冯珊第一次见谭百合的印象就蛮好，觉得她就像是以前的自己。于是，再次见到谭百合之后，冯珊便主动跟她搭讪起来，还拉她一起帮忙选购香精。同为女人，爱美之心人皆有之，谭百合自然很乐意跟冯珊一起挑选香精。

两人边挑边聊，冯珊问起谭百合来埃及的原因，谭百合也自然反问冯珊为何来埃及。这一问不打紧，冯珊刚一讲完，谭百合就表现出一副十分惊讶的表情。

"啊，那您……认识文健吗？"谭百合忍不住地问冯珊。

"文健？你说广州新潮高尔夫的文健？何止认识，我们以前还经常合作呢。"冯珊对谭百合的提问也感到十分意外。她马上问："怎么，你……认识他？"

"嗯，他……他是我的……好朋友。"谭百合说到文健，心里突然有一种甜蜜感，她还真想把"好朋友"说成"男朋友"。

毕竟都是女人，谭百合微妙变化的表情，逃不过冯珊的眼睛。

"好朋友？怎么他不陪你逛街？不会是男朋友吧？"冯珊神秘一笑。

冯珊一句"男朋友"让谭百合的脸蛋绯红。

"没有啦，还只是好朋友。我想他还要多练几场球，不敢打扰他。"谭百合连忙解释道。

"文健人挺好的，他可是我们高尔夫旅游行业里的大帅哥，你可不要让他给别人抢走咯。"冯珊咯咯地笑了起来。

冯珊的话，却触动了谭百合的伤心事，也正是她郁闷烦恼之事。

见谭百合欲言又止，明眼的冯珊已经猜到十之八九了。

"我们去喝一杯吧，听说来汗·哈利利市场一定要喝当地的芒果汁。埃及本地的芒果汁，比哪里都要甘甜。"冯珊像个大姐姐般说道。

……

上午在The Nile Ritz-Carlton 酒店里甜蜜地缠绵着，下午，刘佳芸便让古伟峰陪她到汗·哈利利市场，她来埃及后已经了解到，汗·哈利利市场销售各种肚皮舞的服饰和装饰品，例如花边文胸、开衩裙子和各种银链腰封等。来埃及学习肚皮舞和购买相关舞蹈用品，是刘佳芸此行的主要目的。

古伟峰这次来埃及参加高尔夫球赛，本来就没抱什么获奖希望，昨晚他更是如愿让美人投怀送抱，可谓"真正目的"达到了，所以他也不着急去试场，心甘情愿地陪着刘佳芸。

古伟峰更想去参观金字塔和狮身人面像，但他知道球赛主办方会在后天上午举办开幕仪式之后，安排大家去游览，所以他也就等着集体活动了。

来到汗·哈利利市场，古伟峰发现这里除了有中东最传统的手工艺品，如铜器、铁器、金银首饰、彩色玻璃、编织品、皮革制品以及伊斯兰世界的各国地毯，还有一个极具伊斯兰风格的建筑，原来这还是埃及非常出名的清真寺——爱资哈尔清真寺。在陪刘佳芸购买好一堆肚皮舞用品之后，他便饶有兴趣地参观了这个埃及最大而古老的伊斯兰清真寺。

参观期间，古伟峰听一中文导游解说，开罗现有的清真寺有八百多座，建于不同时期和年代，除了眼前这个闻名于世的爱资哈尔清真寺，还有阿慕尔清真寺、赛义德·宰纳卜清真寺、侯赛因清真寺、苏丹哈桑清真寺和穆罕默德·阿里清真寺，都属于世界珍奇文物建筑。可以说，开罗整个城市可谓一座名副其实的伊斯兰博物馆，历代伊斯兰王朝的建筑标志和艺术精品展示在市内路边。

从爱资哈尔清真寺出来，古伟峰又兴致勃勃地带刘佳芸去萨拉丁大城堡。萨拉丁大城堡主体建筑是穆罕默德·阿里清真寺，它是12世纪时埃及的英雄萨拉丁为抗击十字军的攻击而兴建的。作为军事要塞和清真寺结合体的萨拉丁大城堡，坐落在半山腰上，颇有一夫当关，万夫莫开之势。虽历经战争，但萨拉丁大城堡至今仍然十分坚固。

……

这天，当参加埃及高尔夫球赛的各路人马纷纷抵达Dream Land高尔夫球场时，文健和姜教练已经在球场连打两场球了。

第 19 节

"好推,还真的差点推出'小鸟'球来。"姜教练竖起大拇指称赞道。

在Dream Land球场试场之前,姜教练让文健安装一个高尔夫测距软件——Golf Shot系统,并下载了Dream Land球场18洞的信息。姜教练不愧是专业的高尔夫教练,这是一款推出不久的高尔夫球场电子地图,通过这个电子地图,业余高尔夫球手在陌生的高尔夫球场,能更为准确地判断球位到果岭的距离。

Dream Land球场第一洞是个四杆洞,全长340码。在热身之后,文健当仁不让地开了个好球。姜教练也不示弱,虽然他用一号木杆开出的球还没有文健开出的球远,而且他的球杆还是临时在球场租借的,但他的球稳稳当当地落在球道正中。紧接着,姜教练把球击上果岭靠近旗杆位置,小球离球洞不到一码距离,差点就轰出"老鹰"球(低于标准杆两杆)来。

"好球,死鸟了,还差点打出老鹰来!"文健惊叹道。

文健接着也打第二杆。他第二杆虽然也把小球击上了果岭,但离球洞还有约20码距离。

想用一杆推球进洞，看似是不可能的事情。

"你也有'小鸟'球的机会。"跟文健带着推杆上了果岭之后，姜教练鼓励道。

"那可能性很小，除非是幸运球。这种距离就怕'鸟'变'鸡'，我不推出个'柏忌'球就偷笑了。"

文健一边说，一边认真地观察起果岭来。接着他将小球上的虚线对准球洞，在屏住呼吸后，他对着小球推送过去。

"好推，还真的差点推出'小鸟'球来。"姜教练竖起大拇指称赞道。

文健把小球推送到离洞口还有半码的距离，能推到这样的程度，文健已经觉得非常满足了。之前像这样20码距离的球，他经常要三推四推的。

文健用一号木杆发球虽然比姜教练还远，但将球击上果岭没他精准。在第一个四杆洞，打出"小鸟"球的姜教练就比打"帕"球的文健少了一杆。

第二洞是五杆洞，长度有505码。文健发了一个接近300码距离的好球，接着他用两杆把球击上果岭，但小球离球洞依然还有20多码。而姜教练虽然只开了250码的距离，他也花了两杆攻上果岭，但他的小球，依然离洞口不太远。结果文健又推了一个"帕"球，而姜教练依然打出了"小鸟"球。

"厉害，连续两个'小鸟'球！"文健由衷佩服道。

第三洞依然是四杆洞，长达450码，算是这个球场最长的一个四杆洞。这一回，文健算是占据了长杆的优势，他仅用两杆就把小球轰上了果岭。而姜教练就没那么幸运了，他第一杆打得不够远，第二杆则把球打到了果岭前面。好在他的短切技术不错，他又一次把球切到洞边，还差点把球切滚到洞里，最终收获个"帕"球。文健第二杆把球击上离球洞约8码的距离，在仔细观察果岭的高低起伏之后，他仅用一杆就"果断"地把小球推进洞里，拿下"小鸟"球，扳回一杆。

"好推啊，鸟了！"这回轮到姜教练点起赞来，"不错啊，几天不见，你的推杆大有长进啊。"

"是刚刚做了调整。"文健实话实说。

姜教练点了点头，说："是啊，我看你以前推球时，敲球动作较多，推送动作较少。敲球容易开杆面，导致球跑偏。而你这几个洞，都有明显的推送动作。"

来到第四洞，这是个三杆洞。文健用姜教练推荐的Golf Shot软件测量一下距离——从蓝色T台到果岭上的旗杆，大约有185码距离。他接着回到球车，挑了一支五号铁杆，调整好站位后，他对着小球猛击出去。

小球高高抛起，然后落在果岭前面还有10码的位置。

"可惜啦，还差10码。"文健挥杆后，姜教练遗憾地说，"你的长木杆打得很好，但铁杆还是有缺陷。你的击球方法明显有点'砸'球，对这种距离的球，你更多应该用平扫的方法。"

"如何平扫？"文健虚心求教。

姜教练从球包里取出一支八号铁杆，然后走上发球台。接着他试挥两杆之后，对文健说："像这样，左手压低斜向左大腿，杆面再竖高一些。"

给文健描述完毕之后，姜教练就对着小球平击出去。

"哇……哇，差点一杆进洞了。"文健追着姜教练击出的小球望去，只见小球落在果岭上的洞口边。文健接着不得不佩服地说道："您这个球打得好直啊，真好！"

"平扫的球就是比较直，不像高抛那么容易坠球。"姜教练回应道，"你可以在下次用铁杆时，试试这种方法，看看适不适合你。我刚才是从你的手腕角度发现问题的，你的左右手腕角度有点问题。正确的击球方法是在击球瞬间，右手的手腕是有角度的，左手的手腕是没有角度的，并且保持被动的手腕角度继续推击！你下次试着调整一下两个手腕的角度。"

在第四洞差点打出"一杆进洞"的姜教练依然拿下个"小鸟"球，文健虽然打短了10码，但他第二杆就轻易地把小球切上果岭，只是他短切还不够精准，把小球切偏了5码。好在他推杆水平提升了，他又一推，球进洞了——又收获一个"帕"球。

第五洞又是个四杆洞，长度398码，可谓不长不短。发球时，文健依然采用他擅长的一号木杆，轰出大约300码的距离。

"好球……哎呀，可惜进沙啦。"姜教练见文健出手，就知道是个好球。但遗憾的是，偏偏这个第五洞的300码处，是个不大不小的沙坑。

"哎，麻烦！"文健见小球进了沙坑，也很懊恼，因为沙坑救球一直是他的短板。

姜教练若有所思地说："这是个策略问题。你的打法可以说完全没问题，但你刚才已经用Golf Shot系统测量到那个沙坑的距离刚好是300码，如果你的球打不过300码，你就应该有意识地打短或打偏，从策略上得绕开这个沙坑。"

"是啊，其实刚才我多少有点这种担忧，就是不太重视运用策略。"文健懊悔道。

正所谓"一失足成千古恨",文健来到沙坑之后,花了两杆才终于救出小球。最终他在第五洞打出"双柏忌"球,算是大失误。

"在沙坑击球,击的不是球,而是球下面的沙。你刚才就是直接击球,而且还打薄了,结果沙坑边太高,球又弹了回来。"姜教练分析道。

"嗯嗯,在沙坑打的第二杆,幸好有您指导,不然的话,我估计还得多打一杆。"文健心存感激道。

姜教练在第五洞又稳稳地拿下"小鸟"球。

第六洞是Dream Land球场难度较大的一个长五杆洞,全长560码,还是个"左狗腿"形状的球洞。这一洞,具有长杆优势的文健,顽强地打出"柏忌"球,而职业球手级的姜教练,也只是打出了"柏忌"球。

"姜"还是老的辣,48岁的姜教练,打完18洞,交出68杆的负杆好成绩;而文健最终交出比标准杆还多出4杆的成绩。

"你第一次打这个球场,就能打出76杆的成绩,已经相当不错了,出乎我意料啊。我们中午先吃饭休息一下,下午继续再打。"

打完第一场球,姜教练跟文健击了一下手掌,暂时偃旗息鼓。

第20节

"我还听说,埃及人是可以娶几个老婆的,几个来着?"徐翔突然盯着谷大菲问道。

下午,文健和姜教练打了第二场球。

在前九洞,文健发挥平平,跟上午差不多。但到后九洞,他似乎开始发威,连连"抓鸟"(小鸟球),最后交出74杆的好成绩。这个成绩,已经打破他学高尔夫以来最好的纪录。而姜教练也不差,他保持了上午的水平,还在最难的五杆洞打出"小鸟"球,最终打出比上午还少一杆的好成绩——67杆。

文健心里清楚,到了6字头,每少一杆,那更是极大难度。文健对姜教练更是佩服到五体投地了。

"走,我请你去开罗塔喝啤酒。"文健十分感激姜教练的陪练和指导,决定要好好招待一下姜教练。

这天,两位即将赶赴埃及参加高尔夫球赛活动的球友,正在距广州白云国际机场不到半小时车程的花都风神高尔夫球场赌球中。

这两位球友,既是老乡,又是同学,现在更是合作伙伴。

一位是年仅30岁的湖南翔鹰高尔夫旅游公司老板徐翔，一位是比他还小一岁的深圳前海高尔夫旅游公司老板江佳杰。徐翔和江佳杰不仅年龄相仿，高尔夫球技也不分上下——两人基本保持在90杆左右水平，所以两人赌起球来，输赢基本持平。

今天徐翔在前九洞赢了江佳杰三个洞，而江佳杰后来居上，在后九洞赢了徐翔五个洞。

"一个洞100元，正好给200元小费。"江佳杰主动把赢回来的200元分给两位美女球童。

"谢谢老板！"两位球童接过小费。

"谢谢老板！你上九洞打了47杆，下九洞居然打了42杆，一共89杆。都已经是8字头高手了，下次你要让杆啰。"徐翔一边看着计分卡，一边笑着对江佳杰说。

江佳杰笑道："才89杆而已，我都N久没见8字头了，最好成绩也就87杆。你今天也打了小9啊。都说在风神球场能打小9等于打大8，你也快见8啦。"

"我一直都是小9的水平啊，从来没破过9，哪像你偶尔还能打个8字头。要是我哪天能打出8字头，哪怕是89杆，我都一定会开心地请你大餐。"徐翔也笑着说。

"哈哈！"江佳杰乐了，"那今天就由我来请客吧。刚才球童说这门口就有一家湘菜馆，我们就去那里吃吧，吃完正好去机场。"

"好，走！这会儿谷大菲和谷小菲也该练完球了。"徐翔说完，脱下手套递给站在球车后面的球童，并开起了球车。

谷大菲是徐翔的新婚妻子，谷小菲是谷大菲的双胞胎妹妹。谷大菲这次跟徐翔一起去埃及，一来算是度蜜月，二来她有心将自己的孪生妹妹介绍给徐翔的好兄弟江佳杰。徐翔也有心撮合江佳杰和谷小菲，所以就趁这次去埃及的机会，让谷大菲带上妹妹。

谷大菲和谷小菲这对双胞胎姐妹花，从小不光长相、身高、胖瘦几乎一样，就连发型、衣服搭配也是一模一样，经常让人难以分辨。今天两人穿着同样的高尔夫球衣球裤、戴着同样的高尔夫帽子在风神练习场练球，简直成了一道风景，引起许多打球的客人频频回头观望。

谷大菲和谷小菲跟一般爱美的女孩子一样，因为怕晒，平时并不怎么爱下场挥杆。平日在高尔夫会所练练球、拍拍照，她们也就觉得满足了。

到了湘菜馆，江佳杰噼里啪啦地点了满满一桌的湖南菜，有"剁椒鱼头""永州血鸭""辣椒炒肉""香辣小龙虾""吉首酸肉""肉末雪里蕻""干锅茶树菇""姊妹团子"，还有一锅鱼头汤，可谓鱼肉菜汤四色全齐了。

江佳杰点完菜后，徐翔就话中有话地说道："怎么江老弟今天这么豪气啊？"

"哈哈，这不是又打了个8字头吗？开心啊。"江佳杰笑道。

徐翔也笑道："恐怕还不止这样吧？"

谷大菲和谷小菲两姐妹笑而不语。

"那是，还不是赢你钱吗？我还听说，埃及那边没有猪肉吃，我们今天就先吃个够！"江佳杰接着说，"要不咱们再整点酒，反正不开车。"

"好啊，听说埃及那边也很难找到酒喝，我们先喝点。"当过兵的徐翔爽快地说。

"那我们就来一瓶酒鬼酒吧！"江佳杰瞄了一眼菜馆的酒柜，正好看到有他和徐翔喜欢的酒。他接着喊道，"老板，上酒……"

湖南人都是好酒量，酒上桌后，酒量过人的徐翔就先跟江佳杰整了几杯。

两杯酒下肚，徐翔话也多了。

"……我还听说，埃及人是可以娶几个老婆的，几个来着？"徐翔突然盯着谷大菲问道。

"四个！你是不是也想再娶三个回来？"谷大菲瞪了徐翔一眼。

"是啊，是啊，埃及人好幸福啊！我干脆这次去埃及，去弄个埃及户口算了。"徐翔明显是在开玩笑。

"好啊，你最好留在埃及，结一次婚，再离婚，再换四个。"谷大菲回应道。

徐翔和谷大菲打情骂俏起来，江佳杰和谷小菲两人相视一笑。

菜很快上来了，于是，四位湖南老乡开怀大吃起来。

吃完辣辣而美味的湘菜，四个人有说有笑地直奔广州白云国际机场去了……

再说Belinda回到华力集团总部之后，就参加由集团董事长罗江山亲自主持的管理层会议。

这一两年来，不知道是不是年纪大了，满头白发的罗江山自己很少主持大会。

"大家都知道，这次由我集团赞助的高尔夫球邀请赛意义重大。"罗董事长一开场就点明会议主题。

"这场由埃及高尔夫球协会发起，并由亚洲高尔夫发展理事会和华力集团一起承办的球赛，不仅得到埃及新一届政府的大力支持，也得到中方的高度重视。在启动仪式当天，埃及国家旅游部部长助理将会亲临现场并致辞，而中国驻埃大使也刚刚表态，他们会派经济参赞来参加开幕仪式。这次的活动，尼罗河电视台和亚高电视台等媒体将全程跟拍报道，相信将会产生较大的影响。通过这么一次史无前例的高尔夫球赛活动，与中国各大高尔夫旅游公司建立紧密的合作关系，将是我们的首要目的。中国市场，特别是北、上、广、云四地，是我们首选要发展的重点业务区域。在这次活动之后，我们将派业务代表前往此四地驻点。所以这次的各项工作，大家要按之前的计划推进和落实。"

罗江山讲完此话之后，转头看了一眼坐在一旁的Belinda，接着说："已经有一家广州的高尔夫旅游公司跟我们达成战略联盟关系，算是开了一个好头，我们要借机好好宣传一下，争取更多高尔夫旅游公司跟我们签约。Belinda看看能否在开幕仪式的同时，增加一个签约环节，让这家广州公司当场跟我们签订合作协议？"

Belinda点了点头，说："好，这个应该没问题。"

罗江山接着说："听吴顺德会长介绍，这家公司的老板还是本次球赛的夺冠热门人物，我想这个意义就更大啦。如果果真能夺冠，那他必成为新闻焦点人物，这个宣传效果就更好了……"

第 21 节

    几乎每个大城市都会有一座标志性的电视塔建筑，就像上海有东方明珠、广州有小蛮腰一样，开罗也不例外。开罗的标志性塔建筑，就是开罗塔。

    谭百合在汗·哈利利市场跟冯珊详聊之后，就决定随冯珊住到Hilton Pyramids Golf 酒店去。

    原来，在与冯珊的聊天中，谭百合跟冯珊讲起她的近况。恰巧冯珊正打算找人制作一个高尔夫动漫宣传片，这个宣传片必须有埃及元素。谭百合是搞动漫设计的，这次又亲临埃及，所以冯珊觉得这个设计非她莫属。关键还有一点，冯珊对谭百合的第一印象很好，这"第一印象"就像个催化剂，让她毫不犹豫地选择让谭百合来负责这个设计。不仅如此，冯珊看到谭百合就像看到年轻的自己，她还当场认了谭百合为干妹妹。

    章梓忠从水烟馆出来，见冯珊收了个干妹妹，也很开心。三个人接着在冯珊的提议下，一起去逛开罗塔。

    几乎每个大城市都会有一座标志性的电视塔建筑，就像上海有东方明珠、广州有小蛮腰一样，开罗也不例外。开罗的标志性塔建筑，就是开罗塔。

开罗塔坐落于尼罗河河中的扎马雷克岛上，它是仿照埃及的国花——莲花而建造的。这座塔身镶有250万块米黄色瓷砖的电视塔高达187米，相当于60层的高楼，是目前北非地区最高的建筑物。在开罗塔的入口处上方镶有一只高8米、宽5米的铜鹰，是阿拉伯埃及共和国的标志。

白天登上开罗塔可以将现代开罗的都市风光尽收眼底，而晚上在开罗塔，可以俯瞰整个开罗的夜景。

坐上出租车的章梓忠、冯珊和谭百合很快来到开罗塔，在观赏了开罗塔的外景之后，他们来到第16层的圆形眺望台，鸟瞰开罗全景。

在开罗塔第14层的旋转餐厅，此时文健和姜教练正一边开心喝酒，一边观赏开罗的夜景。

要是谭百合也在这里就好啦，文健一边跟姜教练碰杯，一边心想。

很快，文健就见到了不可思议的一幕——只见谭百合正跟随冯珊夫妇，一起走到他们面前！

文健自然认识冯珊，他跟冯珊不仅熟悉，在两个小时前，冯珊还在微信上问他今晚在哪里吃饭，他当时正好跟姜教练打完球，就回复了她。

原来，冯珊来这里是有目的的！

谭百合见到文健也很惊讶，她想不到在这里还能碰到朝思暮想的文健！当然，她还不知道这是冯珊有意安排的。

第三次的见面，谭百合觉得跟文健更有缘分了，她突然又开心起来。

异国他乡，良辰美景，五个有缘人便欢聚在一块吃饭聊天了。

知道冯珊刚刚认谭百合为干妹妹，文健暗暗替谭百合高兴。文健的高尔夫旅游公司与冯珊的公司有多次的合作，他知道冯珊心地善良，为人厚道，如果谭百合还帮她设计动漫宣传片，那她一定不会亏待她的。

"我有个不情之请，我想请我们文大帅哥帮个忙，如何？"冯珊趁大家尽兴时说。

冯珊一直觉得文健长得很帅气，所以时常称呼文健为"文大帅哥"。

文健礼貌地回答："冯姐有什么事就说，何必这么客气呢？"

"我妹妹百合还不会打高尔夫呢，我正想让她帮忙设计高尔夫动漫宣传片。你明天能不能当我妹妹的启蒙教练？我明天还要陪老章继续逛埃及国家博物馆呢。"冯珊态度诚恳。

"我还以为是什么大不了的事情呢，教一下高尔夫，那是小菜一碟。"文健表现得非常乐意，他也知道姜教练虽为高尔夫教练，但他一直只教高手级的，而且他刚刚答应他女儿，明天回亚历山大陪她观看中埃军事文化友好交流文艺的演出。

"那好啊，那我这美女妹妹就交给你文大帅哥啦。"冯珊的声音提高一个分贝，像是话中有话地说。

毕竟是过来人，姜教练也似乎听出了什么，他马上附和道："美女当然要帅哥教啦，文总可要用点心啊！记得要手把手教啊！"

姜教练的话像起哄，大家听得明白，都呵呵一笑。

第22节

男子这一举动，让人联想到伟大的母爱，一时引发如雷般掌声。

美好的夜晚，古伟峰又陪刘佳芸到尼罗河边的游船欣赏肚皮舞。

刘佳芸毕竟是学舞蹈出身，观摩了两次肚皮舞表演，她就基本掌握了跳肚皮舞的要点，她今晚又随阿拉伯女郎翩翩起舞，而且越跳越好。

观看了两次肚皮舞表演，古伟峰都有点审美疲劳了。于是他趁刘佳芸正跳得起劲，自个儿走到游船露天的甲板上抽烟，欣赏尼罗河两岸的灯景，感受徐徐吹来的凉爽河风。

没多久，只见刘佳芸兴冲冲地跑到甲板上来，她对古伟峰说："快进去看，现在正表演埃及传说中的男人舞蹈——苏菲舞。"

在刘佳芸的拉扯下，古伟峰随她回到游船的表演舞台。

一到舞台，古伟峰就见到一个身材修长的阿拉伯男子身着一套艳丽的长裙，正在舞台上360度旋转着。男子不停地旋转，裙子也飘旋起来，甚是好看。

很快，舞台的音乐节奏变得更快，男子的旋转也随之变得越快，让人开始有些惊叹，有些担心，担心这男子会不会转晕了。

随着旋转加快，男子的长裙飘得很高，长裙不仅做平面转动，有时还会变换角度，一高一低，就像波浪一波接一浪，让人目不暇接。而男子的面容，因为旋转太快，开始变得模糊不清了。

原来这就是苏菲舞，古伟峰这算是头一回见识。古伟峰突然想起某年春节联欢晚会上，一个小女孩像个转钟一样表演不停旋转，大概也是这样。只是转动的速度，远远无法跟这位阿拉伯男子相比。

正当古伟峰以为苏菲舞就是这样不停旋转的舞蹈而已时，突然，只见舞台边一个像是助手模样的人，将一个圆圆的彩色盘子递给男子。男子一边旋转一边接过盘子，并把圆盘架在头上一同旋转。紧接着，助手又递了两个，男子依然把它们放到头上一起旋转。接着，助手还不断地递盘子，而依旧不停旋转的男子，把盘子各放在头顶和两只手臂的长袖上，继续旋转。

转了一会儿，男子突然将盘子一个个收起，并扔给助手。扔完盘子，助手又将一件鲜艳的双层斗篷递给男子，男子双手接过斗篷，把斗篷举上头顶旋转开来，再套在身上。双层斗篷连同炫丽的裙子一起旋转，形成了一个光彩夺目的"彩球"模样，很快，居于"彩球"中间的男子像是突然消失了。

那男子不知道又旋转了多久，直至音乐节奏慢了下来，男子才慢慢脱下斗篷。此时男子还没有停止旋转，只是速度慢了很多。慢慢旋转的男子，接着把脱下的斗篷折叠成婴儿的襁褓形状，并低头侧脸耸动手里的"婴儿"。

男子这一举动，让人联想到伟大的母爱，一时引发如雷般掌声。古伟峰和刘佳芸更是拍得手心都痛了。要知道，除了感人的一幕，这男子不停旋转的时间可是接近一个小时啊。

表演完苏菲舞，在场的游客蜂拥而上跟舞者合影。刘佳芸更是第一个冲上舞台合影，古伟峰则抓住机会，帮刘佳芸多拍几张美照。

看完苏菲舞，古伟峰才了解到，苏菲舞的创始人还是伊斯兰苏菲教派的创建人——杰拉莱丁·鲁米，他是13世纪土耳其伟大的诗人和哲学家。据说，当年苦修中的鲁米在土耳其中部城市孔亚定居时，因听到铁匠铺的敲击声而感受到某种神秘力量，便情不自禁地旋转起来。旋转中的鲁米感受到了与宇宙和安拉的对话，从此鲁米就经常通过旋转来修行。据说，他最长一次旋转达36小时，终于体力不支而摔倒，人们围着他哈哈大笑，他也哈哈大笑。然后他说："大家都笑我，却不知笑我什么；我也笑我自己，但我知道笑什么！"这个讲求苦行和冥想的神秘主义教派派主认为，通过不停的旋转可以进入一种天人合一的状态，从而达到亲近神的目的，所以旋转是苏菲舞最主要的特点。埃及的苏菲舞经过阿拉伯人的诸多改进，观赏性和精彩程度却远胜于土耳其的苏菲舞。

"平均每秒钟转一圈，其间还要加上其他的表演动作，既是体力活也是技术活，这可是件极其不容易的事！"古伟峰十分感慨。

今天林大铭并没有下场打18洞，他大部分时间都泡着球场的果岭练习区，今天他主要练习短切和推杆。

林大铭已经连续打了四场球了，他想歇一歇，调整一下。他知道虽然他的一号木杆打得足够稳定了，也有一定距离，但短期内想再突破还是有难度。而短杆则一直是他的优势，他需要巩固一下短杆，确保优势。

今天对于推杆练习，林大铭也有一些新的心得。他觉得对于远距离的推球，控制力度远比调整方向更重要。远距离的推球，将小球推到接近洞边，确保两推才是王道。他甚至对球友们常说的"推小鸟球要过洞"的做法，开始怀疑。

林大铭就这样一边练习，一边认真揣摩着……

第 23 节

美丽的尼罗河畔凉风习习,伴随咖啡的香味,让人陶醉忘返。

从开罗塔出来,冯珊就拦了一辆出租车。她先拉章梓忠和姜教练坐到车后,自己坐进副驾驶室,然后对文健和谭百合说:"车子坐不下了,你们俩再多叫一辆车吧。"说完就催促司机把车开走了。

冯珊刻意的安排,加上大家"话中有话"的起哄,文健和谭百合之间相互爱慕的那一层薄膜,就被捅开了。

谭百合虽然喜欢文健,但她觉得他可以有更好的选择,特别是她见过Belinda之后;文健喜欢谭百合,却觉得自己年龄与谭百合相差九岁之多,配不上人家。

经过冯珊他们这么一煽风点火,两人心里总算明白,彼此是可以"走下去"的。

不一会儿,两人便截到了另一辆出租车。

车子同样往Hilton Pyramids Golf 酒店驶去,但上了车的两人都没怎么说话。此时此刻,两人已经知道彼此的心思,都心照不宣。

两人心里都充满甜蜜,正是此时无声胜有声。

到了酒店，文健绅士般地帮谭百合打开车门。打开车门的那一刹那，文健有一种拉谭百合的手的冲动，但始终没有付诸行动。

下车后，两个人便肩并肩地走进酒店大堂，就像一对情侣一般。

就在两人带着愉悦的心情走进大堂时，他们同时见到了一张熟悉的面孔——是Belinda！这么晚了，Belinda怎么会出现在这里？两人都感觉很意外。

Belinda见到谭百合，更是惊讶，想不到谭百合又跟文健在一起。

其实Belinda也是刚刚到酒店，她是专门来找文健的。

"我想找文总单独谈谈。"Belinda认真地对谭百合说。她看着谭百合，其实也是对着文健说。

"哦，好，那我先回房吧。"谭百合看了一眼Belinda，又瞧了一眼文健，接着便很自觉地闪开了。

文健目送谭百合走向电梯后，微笑地对Belinda说："这么晚了，什么事？上哪儿谈？"

"尼罗河畔。"Belinda说完又把沉甸甸的钥匙扔给文健。

这一回，又是另一部豪华跑车！

敞篷的跑车就停在酒店门口，刚才文健回酒店的时候并没有留意，他当时的注意力全部放在谭百合身上了。

文健开起车子，跟Belinda来到尼罗河畔的一个露天咖啡厅。到了咖啡厅，文健才知道Belinda专程来找他的原因。

原来Belinda拟好了一份意向性合作协议，并准备跟文健商议在后天的开幕仪式上，双方先签订这份协议。

文健对Belinda的提议自然赞同，他接着便认真地审阅了协议书。

"这份协议书的条款没有问题。其实你发给我就行啦，这么晚了，还劳你大驾，亲自跑一趟。"文健对Belinda亲自送协议书过来，有点过意不去。

"我想来见你啊，怎么，你不喜欢见我吗？"Belinda很直白地问道，还有意地凑近文健。

"喜欢……"文健如实回答，眼前这美丽的"公主"还有谁不喜欢的吗？只是他更喜欢的人更早地闯入他的心扉了。

文健的回复，让Belinda心里多少有些欣慰。

美丽的尼罗河畔凉风习习，伴随咖啡的香味，让人陶醉忘返。而此刻，文健心里想着，要是谭百合也坐在这里，那该多好！

一阵沉默之后，Belinda接着缓缓地说："我看得出，谭百合也喜欢你。"

"嗯……"

"那你……也喜欢她？"

"嗯……喜欢。"

"明白了……"

第 24 节

"是的,我们要去的地方,就是可以眺望这个胡夫金字塔的高尔夫球场,我们今天就在那里学高尔夫。"

文健回到Hilton Pyramids Golf酒店已经很晚了,他知道谭百合就住在隔壁,那是冯珊帮她订好的房间。

但此刻文健并没有打算去找谭百合,也没有发信息给她。明天一早他就会见到谭百合,而此刻他突然有了新的主意。

文健回到房间后,就把手机连上酒店里的Wi-Fi。接着他打开百度网站,输入"金字塔 高尔夫"两个关键词……

谭百合此刻并没有睡觉,她睡不着,她甚至已经听到文健回来后关门和洗澡的声音。

Belinda这么晚了,还来找文健干什么?

Belinda那么有魅力,美貌与财富并存,她明显喜欢文健,文健能不知道吗?一样是凡夫俗子的文健,能不为她所动?

文健明明知道她就住在隔壁,为什么回来不试着找她呢?莫非……

本来就喜欢天马行空的谭百合,脑子里一会儿是文健的影子,一会儿是Belinda的身影，几乎一夜没睡。

第二天早上，当明媚的阳光透过玻璃纱窗照进房间时，还赖在床上的谭百合，就听到座机响起。

"起床了，小懒猫。"电话那头是文健带有磁性的声音，听起来他的心情还蛮不错。

"哦……"谭百合心情却没有文健那般愉悦。

"快起来，我在楼下等你，我带你去一个特别的地方。"电话那头的声音有些雀跃。

特别的地方？不是说好今天早上在楼下学高尔夫吗？谭百合有些蒙了。

谭百合连忙起床梳洗一番，换上一套紧身的衣服之后，她接着才坐电梯下楼。

到了酒店大堂，谭百合就见到身着白色高尔夫球衣，头戴白色高尔夫球帽，更显帅气的文健。

"走，我们坐车去。"文健见到谭百合很开心，他示意门口停放着的一辆出租车。

"去哪里？不是在这里学打高尔夫吗？"谭百合一脸困惑，她的眼里还隐藏着一丝丝忧伤。

谭百合失意的神情，一点都没有逃过文健的眼睛，似乎还在他意料之中。

"是去学高尔夫，但不在这里。"文健说完，竟拉起谭百合的手！接着只听文健神秘地说："我带你去一个更特别的地方。"

文健拉着谭百合的手，从酒店大堂走到车里，他并没有放手！

这是文健第一次拉着谭百合的手。

上车之后，文健依然没有放手！

谭百合开始有点感觉意外。

车子开了一段距离，文健还是没有放手！

文健就像昨晚一样没怎么说话，但他拉住谭百合的手，不愿松手！

文健像是用这种特别的方式，来代替他所要表达和传递的意思。

渐渐地，聪明伶俐的谭百合明白了文健的意思，她明白文健的决定——选择她的决定！

谭百合开始从感觉意外，到感觉温暖，再到感觉温馨！

她明显感觉文健手心传递过来的是爱意！

她没有听文健多说什么，事实上，文健已经不用说什么，他已经不用再说什么！他的这一举动，已经表明了一切。

谭百合的脸上又恢复了往日的光彩，她的眼睛又开始变得炯炯有神……

车子继续往前跑，不久，谭百合就远远瞧见一个令她更加兴奋的地方。

"快看，快看，那就是埃及最大最高的金字塔——胡夫金字塔。"谭百合心情开始欢快起来。

"是的，我们要去的地方，就是可以眺望这个胡夫金字塔的高尔夫球场，我们今天就在那里学高尔夫。"

第25节

"在来埃及的飞机上,我在一本旅游杂志上读到一句话——'在埃及金字塔下,与法老一起挥杆',当时你正睡得香,而我有一闪而过的念头,那就是能跟你在金字塔下一起挥杆漫步,那该多浪漫啊。"

沙漠中的海市蜃楼——埃及Oberoi Golf Club高尔夫球场,是唯一一个能眺望金字塔的高尔夫球场。在Oberoi Golf Club高尔夫球场打球,可以感受古代文明与现代文明的融合、沧桑和时尚的统一。

第一次接触高尔夫就在金字塔附近的高尔夫球场,而且还是跟喜欢的人,这对谭百合来说,更有意义。

"知道高尔夫Golf是什么意思吗?"到了目的地,文健才松开谭百合的手。从车上卸下球包之后,文健又拉起谭百合的手,他带谭百合来到了Oberoi Golf Club 球场的练习区。

接着文健继续说:"Golf中G为Green绿色,O为Oxygen氧气,L为Light阳光,F为Friend朋友或Foot步履。也就是说,高尔夫就是在绿草如茵的球道上,吸收郊野的氧气,沐浴温暖的阳光,和好友健步迈向成功、走向目标的一项高雅运动。我，希望以后能跟你一起走在绿草如茵的球道上，挥杆漫步，你愿意吗？"

"愿意，愿意。"谭百合连说两个"愿意"，就怕文健听得不够清楚。

"嗯嗯。"文健又拉起谭百合的另一只手，说，"高尔夫是一项可以从小打到老的运动，我能想到最浪漫的事，就是和心爱之人在高尔夫球场上慢慢打完18洞。"

文健的话让谭百合又感到十分甜蜜幸福。

不过，她对"打完18洞"的话还有些不理解。

谭百合的微妙反应似乎都在文健的意料之中，他接着说：

"知道打高尔夫为什么要打够18洞吗？高尔夫相传是由苏格兰牧羊人在放牧时，用牧鞭击打石子，并把石子击入前方兔子洞穴的一种游戏演变而成的。因为苏格兰地区冬季阴湿寒冷，人们在玩这种游戏之前，总是要带上一瓶烈性酒在身上。每次将石子打入前方的一个洞穴，就要用酒瓶盖喝一小瓶盖酒，算是庆贺也当是驱寒。一瓶酒的容量是18盎司，一个酒瓶盖正好为1盎司，喝完一瓶酒正好打完18个洞穴，久而久之这种游戏也就形成了以打够18洞为基本规则的比赛方法。"

文健既是表达心迹，又开始传授谭百合高尔夫知识。他让谭百合感动的同时，又充满敬佩。

"那……你为什么要选择在这里教我高尔夫呀？"谭百合问道。

文健微微一笑，他看着谭百合可爱的脸庞，又望了望远处的金字塔。此时阳光正照射在大金字塔上，金字塔就像是一块黄金在发光。

"在来埃及的飞机上，我在一本旅游杂志上读到一句话——'在埃及金字塔下，与法老一起挥杆'，当时你正睡得香，而我有一闪而过的念头，那就是能跟你在金字塔下一起挥杆漫步，那该多浪漫啊。"

文健的话，让谭百合整个心都陶醉了。

"我先教教你打高尔夫吧。"文健温柔地说。

"嗯嗯。"谭百合使劲点头，充满期待。

于是，文健从球包里抽出一支标着七号的铁杆，接着说：

"一般初学者，要先从七号铁杆开始学起。高尔夫球杆，除了有五号、六号、七号、八号、九号、P杆和S杆这几支标配的铁杆，还有作为发球用的一号木杆和打远球的三号、五号长木杆，另外还有专门推球进洞用的推杆，一共约11支杆。"

"为什么要先从七号铁杆开始学起？其他号码的铁杆又代表什么？"谭百合好奇地问。

"不同号码的铁杆杆面的角度不同，因此击出球的距离就不同。高水平的球手，还要配备一支56度或60度的铁杆。七号铁杆的角度约33度，这个角度最适合让初学者击球。"文健做出解答，接着他给谭百合示范握杆方法。

"高尔夫球杆的握法有三种：第一种是交叉式握法；第二种是叠式握法；第三种是十指握杆法。其中交叉式握法比较普遍，很多著名球手都是用交叉式握法，你选择其中一种握法之后，就不要改来改去了。"

"哦，那你用什么握法？"谭百合问道。

"我也是用交叉式握法，这种握法比较容易控杆。"

"那我就学你这种交叉式握法。"

"嗯，方法是这样的。"文健一边示范，一边说，"你的双手放在握把上，将右手小指放在左手食指和中指之间，左手的食指跟右手的生命线重合……"

文健示范后，把七号铁杆递给谭百合，让她试握一下。

谭百合很快就掌握了握杆方法，之后文健才开始教她击球。

对于学打高尔夫，一向聪明敏锐、想象力丰富还有点急性子的谭百合却没有表现出好悟性，虽然她很认真地学，却总是打不起球，或者总把球打偏，始终掌握不了击球要点。

"想不到击个球，还这么难。"谭百合冲着文健伸了下舌头，心底对文健更是敬佩。

"没关系，慢慢来，你是初学者嘛。许多初学者都这样，有些还经常击不到球呢。"文健在一旁耐心教她，不断地鼓励她。

第 26 节

　　金字塔在欧洲并不叫金字塔，他们称之为"庇拉米斯"，是古埃及语"高"的意思。而中国人称之为"金字塔"，是因为其形体极似汉字的"金"字，因此得名。

　　文健在Oberoi Golf Club球场用心地教谭百合打高尔夫，而此时，还有一对准情侣，正在Oberoi Golf Club球场对着金字塔挥杆。

　　他们就是江佳杰和谷小菲。

　　从一上飞机到埃及，谷大菲就让江佳杰帮他照顾妹妹谷小菲。谷大菲和徐翔新婚燕尔，两人亲亲密密在一起是理所当然的。

　　学摄影专业的江佳杰"奉命"照顾第一次出国的谷小菲，也照顾出感情来了。谷小菲原本就知道姐姐和姐夫的意图，经过跟同为湖南老乡的江佳杰接触之后，她觉得江佳杰这人还不错。

　　谷小菲本来怕晒不爱下场，但听说这个球场很特别，有江佳杰作陪和拍照，她便兴致勃勃地跟江佳杰下场打起球来。江佳杰也就一边教谷小菲打球，一边帮她拍有金字塔背景的美照。

　　"好球，你真是越打越好啦。"江佳杰陪谷小菲从第一洞，打到第九洞，已经打了半场。

"那是师傅指导得好，小女子有幸。"谷小菲下场少，打球自然不咋的。而江佳杰虽然是90杆左右的水平，但教谷小菲下场打球，那是绰绰有余。

"这个球场还能仰望金字塔，真是太特别了。"江佳杰自己打了好几年高尔夫球，估计最让他难忘的，也就是这个球场了。

"是啊，一般高尔夫球场的景观都是青山绿水，还有现代建筑和别墅。想不到这里还能瞻仰几千年前的古迹。这一古一新，真是完美结合。"在图书馆工作的谷小菲算是个文艺青年，说起话来有点文艺范，这也是江佳杰喜欢她的原因。

"金字塔，还可以代表崇高与永恒……"跟谷小菲在一起，江佳杰也变得文艺范起来。

"爱情？"谷小菲看江佳杰欲言又止，就接过了话。接完话之后，她的脸蛋就红起来。

江佳杰听谷小菲这么一答，趁机上前拉起谷小菲的手，接着说："对，爱情。"

江佳杰的举动没有让谷小菲觉得反感和唐突，虽然她并没有料到江佳杰会在这个时候突然拉着她的手。

"可以吗，"江佳杰见谷小菲没有缩手，他便一副十分认真的样子，补充说道，"你和我？"

谷小菲自然知道江佳杰想表达的是什么意思，看着江佳杰变得深情的眼神，她含羞点了点头……

此时，谷大菲和徐翔在不远处的胡夫金字塔，也一边手拉着手，听着导游解说：

"世界有七大奇迹——埃及金字塔、奥林匹亚宙斯巨像、罗得岛太阳神巨像、巴比伦空中花园、阿尔忒弥斯神庙、摩索拉斯陵墓和埃及亚历山大灯塔。其中埃及就占了两个，方锥形建筑物的埃及金字塔更是七大奇迹之首。

"埃及金字塔尤其以咱们眼前这个胡夫金字塔最为出名，在1889年法国埃菲尔铁塔建成之前，胡夫金字塔一直是世界上最高的建筑，它同时也是最大的金字塔。据说当年拿破仑入侵埃及时，在胡夫法老金字塔区域与埃及军队发生了激战，战后他仔细地观察了胡夫金字塔，金字塔规模之大让他惊叹。他估算，如果把胡夫金字塔和与它相距不远的胡夫儿子哈夫拉金字塔和孙子孟卡乌拉金字塔的石块加在一起，可以砌一条三米高、一米厚的石墙把整个法国围成一圈。"

站在足足有四十多层楼高的胡夫金字塔面前，谷大菲和徐翔觉得整个人都变得很渺小。经导游这么一介绍，他们两个就更惊叹不已。几千年前人们就能建造如此高度的建筑，不能不说是一大奇迹。

"还有一大奇迹在亚历山大，是吗？"谷大菲听导游这么一介绍，就想着既然来到埃及，她就想去观光一番。

"是的，但埃及亚历山大灯塔已经不复存在了。埃及亚历山大灯塔约在公元前280—前278年建成，屹立在亚历山大港外1500年，是指引航海者的航标。但因在两次地震中极度受损，最终于1480年完全沉入海底。"导游遗憾地说，"不过，你可以去亚历山大看看庞贝柱。庞贝柱又称骑士之柱，是一根高达27米的粉红色亚斯文花岗岩石柱。庞贝柱原是萨拉皮雍神庙的一部分，最初建于托勒密三世在位时期。但神庙存在很短时间就被毁了，只有这根石柱保存下来，它也跟亚历山大灯塔，成为亚历山大航海者的航标。"

导游接着继续介绍说："胡夫金字塔据说动用了10万人花了30年的时间才得以建成，它主要由几部分构成：一个入口，一条向下的通道，一个地下密室，一条向上的通道，一条大长廊，还有法老和王后的墓室，以及通风井等。"

"金字塔的表面覆盖着一层光滑的石灰石，它的入口就隐藏在石灰石表层以下，从外面看不出痕迹。门口放置有巨石。进入金字塔便是一条呈26度角倾斜的下坡道，直行而下会遇到另一条上坡道；上坡道顶端连接的是大长廊，即'大甬道'，大甬道的尽头连接的是法老的墓室。墓室中现在仅剩下一具红色花岗岩质地的石棺，据说法老胡夫的木乃伊就存放在这里。金字塔里面还有一些超自然现象，至今无法解释。比如放进一枚锈迹斑斑的金属币，不久会变得金光灿灿；把菜豆籽放进金字塔后，同一般菜豆籽相比，出苗要长四倍，叶绿素也多四倍；如果一个神经衰弱、疲惫不堪的人到金字塔里去，几分钟或几个小时后，就会精神焕发、气力倍增等。"

"那我们赶紧进去金字塔吧，我们想增加增加功力，哈哈。"徐翔马上接过导游的话说。

"好，金字塔在欧洲并不叫金字塔，他们称之为'庇拉米斯'，是古埃及语'高'的意思。而中国人称之为'金字塔'，是因为其形体极似汉字的'金'字，因此得名。"导游对中国游客往往都会增加这么一段解说。

第 27 节

"一般球类运动都需要有两人以上才能打,但是高尔夫就不一样了,自己有空想走就走,不须人陪,自由自在,这对那些想独自冷静一下的人来说是最好的去处。"

文健和谭百合上午在Oberoi Golf Club球场练完球之后,便在球会附近的中国餐厅吃午饭。之后,他们又回到球会里的米纳之家酒店喝喝咖啡。

"一般球类运动都需要有两人以上才能打,但是高尔夫就不一样了,自己有空想走就走,不须人陪,自由自在,这对那些想独自冷静一下的人来说是最好的去处。"文健边喝咖啡边跟谭百合聊打高尔夫的好处。

"还有,打好高尔夫还会让你学会控制情绪。打高尔夫球最忌急性,心急就打不好,这对急性的人是最好的磨炼。经常下场打高尔夫的人,性格也受到磨炼,做事就变稳重了。"这一点,更是说到谭百合心坎上去了。文健给她的感觉就是成熟稳重,或许这就是他经常打高尔夫所培养出来的气质。

喝完咖啡后,文健便自个在Oberoi Golf Club 球场打了一场球,但他让谭百合一路跟着,以便她了解什么是真正的高尔夫——如果只在练习场挥杆而不下场打18洞的话,那对高尔夫的理解,可以说连一半都不到。

　　文健一边打球,一边教谭百合高尔夫球规则和相关礼仪,因此打得时间比较长。也因为他注意力不够集中,最终他打了81杆,成绩一般。不过他倒是打得很愉悦,还跟谭百合一起拍了不少金字塔背景的合照。

　　打完球,拍够照片,文健和谭百合才一起回酒店。

　　文健回到酒店,发现参加这次高尔夫球赛的另外19位高尔夫旅游公司老板已经全部抵达酒店,有些老板跟文健还是多年的朋友。于是,文健便跟大伙一起在酒店吃饭叙旧,一直聊到很晚。

　　谭百合因为昨晚没有睡好,今天玩了一天也累了,她便先回房睡觉去了……

　　林大铭今天一个人在Dream Land球场打上最后一场球,他知道明天上午举办开幕仪式后,主办方会带大家去观光金字塔,接着安排大家在Dread Land球场正式试场。但他不想跟大家一起试场了。

　　现在的他,一心想着后天上午正式比赛打响时,他给大家来个"一鸣惊人"!

　　昨天练习了推杆,林大铭今天又进了一大步,打出了75杆的历史最好成绩!

　　住在球场酒店的冯珊也没有练球,她心甘情愿地继续陪章梓忠参观埃及国家博物馆。

　　对章梓忠来说,埃及国家博物馆的古埃及文明馆藏,是三天三夜都"逛"不完的。今天他在馆内研究了举世闻名的艺术品——"王子拉霍特普和他的妻子诺夫勒特"的雕像。

"王子拉霍特普和他的妻子诺夫勒特"的雕像是在两个大石块上雕成的坐像。两个坐像均为彩绘，保存得相当完好，雕像的眼睛采用石英石，显得栩栩如生。王子拉霍特普皮肤黝黑，光着上身，戴白色项圈，身着白色腰裙，上唇留有着与现代阿拉伯男子类似的短胡须。而诺夫勒特神情端庄，黑发及肩，额头束有白底彩花发带，颈上绘有黑、青、红三色的项链，其丰满的身躯在白色衣裙中显得婀娜动人。诺夫勒特的头部两侧有黑色的古埃及象形文字。白的底色上有人、鸟、植物、眼睛、庄稼等，显得清晰、简洁、美丽，引人联想翩翩。

"这是公元前2580年的石灰石彩绘雕塑，现在埃及上彩的雕像大多数受到不同程度的损坏，而这座雕像却保存得尤为完好，实属难得。王子的皮肤颜色用的是棕褐色，妻子的皮肤颜色用的是淡黄色。这并不是他们皮肤的真正颜色，而是埃及艺术中所规定的一般的男性与女性的皮肤色。这一组坐像也是古埃及艺术中将男子肌肤颜色与女子显著区分的代表，在艺术史上享有重要的地位。"章梓忠一边跟冯珊解说道。

"嗯嗯……"冯珊认真听，一边仔细观看。

看着这对王子公主像，冯珊一边想，文健和谭百合这一对，在她的撮合下，不知能不能也永远地走在一起？

第 28 节

　　即将在埃及古城开罗举办的高尔夫球邀请赛，可谓践行新的丝绸之路，具有重要的现实意义……

　　阳光灿烂，万众瞩目的一天，终于来到。

　　作为本次比赛唯一指定的高尔夫球场，Dream Land球场今天一早迎来各路人物。

　　Dream Land高尔夫球会总经理Higazi和亚洲高尔夫发展理事会会长吴顺德早早来到球场，迎接埃及高尔夫球协会会长、副会长和秘书长，以及本次活动的主要赞助商华力集团代表Belinda一行。

　　埃及国家电视台属下的尼罗河电视台和亚洲高尔夫电视台的工作人员，一早就架好了"长枪短炮"，准备全程直播；埃及《金字塔报》的旅游版记者，也早早来到现场守候。

　　紧接着，埃及国家旅游部部长助理、埃及国家旅游部亚洲部长、埃及体育部代表、中国驻开罗文化中心代表以及埃及对外友好交流协会会长等人，也陆续来到现场。

　　在来自中国各地的20位参赛球手及嘉宾的瞩目下，中国驻埃及大使馆的经济参赞一行也来到了Dream Land球场……

埃及高尔夫球邀请赛开幕仪式，随之启动。

埃及高尔夫球协会会长首先致辞，欢迎来自中国高尔夫旅游行业的精英老板们，也感谢中埃两国政府的领导高度重视，感激本次活动的赞助商和比赛场地提供方。

埃及国家旅游部部长助理接着发表讲话，他首先感谢中国驻埃及大使馆的经济参赞莅临现场支持，也感谢来自中国的同行们，希望大家为中埃旅游行业添砖加瓦……

接着，中国驻埃及大使馆经济参赞登台讲话。

"2000多年前，亚欧大陆上勤劳勇敢的人民，探索出多条连接亚欧非几大文明的贸易和人文交流通路，后人将其统称为丝绸之路。千百年以来，'和平合作、开放包容、互学互鉴、互利共赢'的丝绸之路精神薪火相传，推进了人类文明进步，是促进沿线各国繁荣发展的重要纽带，是东西方交流合作的象征，是世界各国共有的历史文化遗产。进入21世纪，在以和平、发展、合作、共赢为主题的新时代，面对复苏乏力的全球经济形势、纷繁复杂的国际和地区局面，传承和弘扬丝绸之路精神更显重要和珍贵。即将在埃及古城开罗举办的高尔夫球邀请赛，可谓践行新的丝绸之路，具有重要的现实意义……"

经济参赞肯定了本次球赛活动的积极意义，一锤定音，引起雷鸣般的掌声。

这次来埃及之前，吴顺德会长跟Mary一起给Dream Land球场起了个中文名——"梦想家园"，还委托华人海外书法联谊会会长为"梦想家园"挥毫题字。在经济参赞讲完话之后，吴顺德便在大家的瞩目下，将装裱精美的"梦想家园"牌匾赠予Higazi。

"梦想家园，寓意球场能让所有高尔夫爱好者圆梦，不留遗憾。"吴会长对着自家亚洲高尔夫电视台的镜头，如是说。

随后，作为本次活动主要赞助商代表的Belinda也做了简短的发言，她把印制有20名参赛球手名字的莎草纸张，作为纪念品，一一赠送给球手们。

接着Belinda邀请参加本次球赛活动的球手代表——广州新潮高尔夫旅游公司老板文健，一起在媒体的聚焦和大家的见证下，互签两份《战略合作联盟协议书》。

开幕仪式进行得十分顺利，随后，主办方邀请在场的几十位中国友人，一起前往最能代表古埃及文明的金字塔和狮身人面像观光。

在开幕仪式举办的同时，一辆可乘坐40多名游客的大巴，早已停在球场门口等候大家。

在开幕仪式结束后，大家便兴致勃勃地坐上了这辆标有"HUALI"的旅游大巴。

第 29 节

"胡夫金字塔附近还有两个金字塔,分别是他儿子哈夫拉和孙子孟卡乌拉修建的金字塔,堪称埃及最具代表性的金字塔。这三个相隔不远的金字塔,都是第一次来埃及的游客非去不可的景点。"

"大家好,欢迎大家来到埃及。我是HUALI旅游公司的导游,我叫Samar Mohamed,大家可以叫我的中文名,我的中文名是小燕子。"

大家上车之后,就见到一位头戴红色围巾的漂亮阿拉伯女子,笑容可掬地拿着话筒说道。

本地美女导游居然能说一口流利的普通话,让大家有些意外,顿时有种亲切感。原来这小燕子也是跟Belinda一样,作为交换生在北京大学念的中文。说起来,她还是Belinda的师妹呢,她仅比Belinda小一级,只是小燕子的家境跟Belinda比,是天壤之别。

"为什么你要叫小燕子?"坐着前面的江佳杰忍不住问道,"是不是看过我们湖南卫视的《还珠格格》?"

"是呀,我喜欢《还珠格格》,我喜欢小燕子,我喜欢中国。"小燕子的回答,让大家忍不住鼓起掌来。

小燕子拿着话筒，接着说：

"相信在座很多都是第一次来埃及，在我们到达金字塔之前，我想给大家讲一讲埃及和金字塔的相关历史，打发打发时间，好不好？"

"好啊！"章梓忠第一个鼓掌响应。

"好！"跟文健坐在一起的谭百合也鼓起掌，响应起来。

大家也陆续鼓起掌来。

小燕子解说起来：

"早在一万多年前，有一群土著人在尼罗河边安居乐业，他们是埃及人的祖先。那个时候，土著们各自为营，为了争夺土地和水源经常发生争斗。直至公元前3150年左右，埃及终于成为一个统一的国家。统一后的埃及，把以前打架的力气都拿来种地了，在尼罗河的养育下过上了富裕的生活。日子好了，大家就开始迷信，他们认为肯定有神灵庇护，于是修建了许多庙宇，编造出各种神灵。中国的最高统治者叫皇帝，埃及的最高统治者则称为法老。法老一开始也跟皇帝一样讲究'君权神授'，后来干脆自称为神，要求埃及人崇拜他们。既然是神，就不能和凡人一样，但法老也要吃饭睡觉，看起来就跟凡人没什么两样，于是就只有在死后做文章。早年死去的法老葬在土墩子里面，和普通的贵族没啥区别。直到后来一位叫左赛尔的法老突发奇想为自己建了一座特别的'土墩子'，也就是埃及第一座金字塔——阶梯金字塔。后继的法老们，为了证明自己更加优秀，金字塔越修越高大，直至胡夫法老修建了世界上最高最大的金字塔——也就是我们一会儿要去观光的胡夫金字塔。

"胡夫金字塔附近还有两个金字塔，分别是他儿子哈夫拉和孙子孟卡乌拉修建的金字塔，堪称埃及最具代表性的金字塔。这三个相隔不远的金字塔，都是第一次来埃及的游客非去不可的景点。"

"那附近的狮身人面像是谁建的？"谭百合忍不住地问道。

在这辆大巴上，只有谭百合一个人去过这三个金字塔。徐翔和谷大菲都没有上车，他们昨天已经去过胡夫金字塔，此刻两个人正赶去另一个地方享受二人世界呢。

"狮身人面像的建造还真是个千古之谜，有人说是法老胡夫自己建造的，建造目的是为自己的金字塔守灵。也有人说，是胡夫的儿子为了恢复人们对这个王朝的敬畏，把他父亲胡夫视为太阳神拉，并根据父亲的肖像建造了狮身人面像这座纪念碑。狮身人面像又名斯芬克斯，数千年来，斯芬克斯一直被沙掩埋至肩部，在撒哈拉沙漠的地平线上露出一个奇异的头颅。1817年，热那亚的探险家卡维利亚上尉带领160人想把石像挖出来，但沙子又快速填回挖开的沙坑，对斯芬克斯的首次挖掘失败了。直到20世纪30年代末，埃及考古学家萨利姆·哈桑最终将巨像从黄沙中解放出来。当时《纽约时报》还报道称，斯芬克斯终于从无法穿透的遗忘阴影中走出来，成为埃及地标。"小燕子说道。

"为什么要叫斯芬克斯？"冯珊也听得很入迷。

"在古埃及的神话中，据说狮身人面像是巨人与妖蛇所生的怪物：人的头、狮子的躯体，带着翅膀，名叫斯芬克斯。斯芬克斯生性残酷，他从智慧女神缪斯那里学到了许多谜语，常常守在大路口，每一个行人要想通过，必须猜谜，猜错了，统统吃掉，蒙难者不计其数。有一次，一位法老的儿子被斯芬克斯吃掉了，法老愤怒极了，发出悬赏：'谁能把他制伏，就给他王位。'有一位勇敢的青年狄浦斯,应法老的征召前去报仇。他来到了斯芬克斯把守的路口。'小伙子,猜出谜才能通过。'斯芬克斯拿出一个最难的谜语给他猜,'能发出一种声音,早晨用四条腿走路,中午用两条腿走路,晚上却用三条腿走路,这是什么？''人。'狄浦斯很快地猜了出来。狄浦斯赢了,但斯芬克斯不服输,又给狄浦斯出了一个谜语：'什么东西先长,然后变短,最后又变长？'狄浦斯猜出了谜底是'影子'。于是斯芬克斯原形毕露,只好跳崖自杀去赎回自己的罪孽。"

　　小燕子回答了冯珊的问题,还顺便给大家讲了一个娓娓动听的神话故事,让大家听得津津有味,气氛也活跃了起来。

　　接着,大家都七嘴八舌地跟小燕子了解埃及其他必游景点和相关传说……

第 30 节

"可以有,如果你相信有外星人的话。"小燕子诡秘一笑。

大巴很快就到了胡夫金字塔附近的停车场,大家都满怀期待地下了车。

下车时,小燕子就特别提醒大家不要理会在金字塔景区闲逛的"热心"埃及人,特别不要把相机或手机交给他们帮忙拍照,因为他们的目的是索要小费。如果你不给小费的话,那估计你的东西就很难拿回来了。有些埃及人还会跟中国人讨要清凉油或圆珠笔,这是初来埃及的中国游客都会感到"奇葩"而难以理解的事情。

小燕子的话,让大家对她又增加了几分好感。

终于来到传说中的胡夫金字塔,站在这个世界第一大金字塔的面前,大家都被镇住了。

只见胡夫金字塔像一座巍峨的高山屹立在面前,宏大雄伟,又充满神秘。此时埃及一句"人类怕时间,时间怕金字塔"的谚语,都浮现在大家的脑海。

"这胡夫金字塔不仅有高度,也有宽度。它的底部呈四方形,每边长达230多米,绕金字塔一周,要走1公里的路程。"小燕子开始解说。

"关于胡夫金字塔的建造，普遍认为是在4500年前，埃及的劳动者用手工建造的。当时的劳动者用没有轮子的运载器械运送这些沉重的巨石。把巨石运到这里后，他们又将四周天然的沙土堆成斜面，把巨石沿着斜面拉上金字塔。就这样，堆一层坡，砌一层石，逐渐加高金字塔，历经30年的劳作才换来这座举世闻名的胡夫金字塔。"

"但是，"小燕子话锋一转，"这种说法在今天也受到考古学家们的质疑。根据金字塔的建造规模，有关专家估计，在修建大金字塔时，埃及居民至少应该有5000万，否则难以维持工程所需的粮食和劳力。但根据历史资料记载，在那个时期，全世界总人口才有2000万，这是一个惊人的矛盾。"

小燕子一句"但是"，把大家牢牢吸引住，特别是爱幻想的谭百合。

谭百合拉起文健的手，尽量地靠近小燕子，生怕听漏一句话。冯珊和章梓忠瞧见谭百合这一举止，相视一笑。

只听小燕子继续解说："建造金字塔的石块都是从很遥远的地方运到这个沙漠地带的，胡夫金字塔一共就有230万块。石块大的有40吨，小的也有2.5吨。从埃及当时的科技水平来看，还没有能力运输如此又重又多的石块。因此，有人大胆猜想，石块不是从陆地或水上运输过来的，而是通过天上空运下来的。"

"空运？怎么空运？那时也没有飞行器啊？"谭百合侧着头，好奇地问道。

"可以有，如果你相信有外星人的话。"小燕子诡秘一笑。

大家都哄然笑了起来。

小燕子继续往下说:"以当时人类的建造技术,确实还存在许多未解之谜。比如说,胡夫金字塔的塔底各边误差不到20厘米;146.5米的塔高,东南角与西北角的高度误差仅为1.27厘米,如此低的误差率,即使现代建造也望尘莫及;用两倍塔高除以塔底面积,等于圆周率,即3.14159,而该塔建造好差不多3000年后,人们才把圆周率算到这个精准度;塔的四边正对着东南西北四个方向,塔的周长米数正好与一年的365天数相吻合,其周长乘以2正好是赤道的时分度;延长在底面中央的纵平分线,就是地球的子午线,这条线正好把地球的大陆和海洋平分成相等的两半;还有,胡夫金字塔的塔基正位于地球各大陆引力中心,因此,无论是谁选定这个塔址,都应该对地球体的球结构、陆地和海洋的分布等有惊人的了解。"

小燕子带领着大家绕着金字塔走,走到金字塔的北侧面。

"北侧离地面13米高处有一个用4块巨石砌成的三角形出入口,如果不是用三角形而用四边形,那么100多米高的金字塔本身的巨大压力将会把这个出入口压塌。而用这种三角形,就使那巨大的压力均匀地分散开了。在4500年前,埃及人就对力学原理应用得如此巧妙,让人难以想象……"

游毕金字塔,小燕子又带大家去不远处的狮身人面像观摩。

巨大的狮身人面像,除了前伸长达15米的狮爪是用大石块镶砌的外,整座像是在一块含有贝壳之类杂质的巨石上雕成的。狮身人面像的面部比大部分远古雕像的面部保存较好,但几千年来经历风化和人为破坏,鼻子完全损毁了。

"狮身人面像的鼻子是怎么人为毁坏的?"来到狮身人面像跟前,跟江佳杰也开始拖手的谷小菲忍不住问。

小燕子说:"这又是一个未解之谜。一种广为流传的说法是,1798年拿破仑侵略埃及时,看到它庄严雄伟,仿佛向自己示威,一气之下,命令部下用炮弹轰掉了它的鼻子。可是,这说法并不可靠,早在拿破仑之前,就已经有关于它缺鼻子的记载了。还有一种说法是,500年前,狮身人面像曾经被埃及的马木留克兵(埃及中世纪的近卫兵),当作大炮轰射的靶子,也许那时已经负了'伤',鼻子挂了'彩'。但是,又据某些记载,埃及的历代法老和臣民,视这尊石像为太阳神,朝拜的人络绎不绝。后来,风沙把它慢慢地掩了一大半,这时,一名反对崇拜偶像的人,拿着镐头,爬上沙丘,狠狠地猛凿露出沙面的鼻子,毁坏了它的容貌。奇怪的是,前来拜访狮身人面像的游客,都可以看到它胸前两爪之间的一块残存的记梦碑。碑上记载着一段有趣的故事:3400年前,年轻的托莫王子,来这里狩猎。大概是奔跑得精疲力尽了,便坐在沙地上歇息。不知不觉竟然睡着了,并在朦胧中梦见石像对他说:'我是伟大的胡尔·乌姆·乌赫特(古埃及人崇拜的神,意为神鹰),沙土憋得我透不过半点气来,假如能去掉我身上的沙,那么,我将封你为埃及的王。'王子醒过来后,便动员大批人力物力,把狮身人面像从沙土中刨了出来,并且在它的身旁筑起了防沙墙。在漫长的岁月中,石像曾多次尝过埋入沙土中的'痛苦'。也许由于这个原因,公元前5世纪,希腊著名的历史学家希罗多德访问埃及时,对金字塔做了详细而生动的描述,而只字未提近在咫尺的狮身人面像。很可能,这时它已完全被沙丘盖住了。人们把它从沙土中最后一次刨出来重见天日,是几十年前的事。"

狮身人面像很壮观，让大家既为之感慨又感到有些惋惜……

下午，从金字塔景区回来后，球会总经理Higazi引领参赛的球手们，参观了Dream Land球场会所和比赛场地，接着安排大家试场。

按照球赛计划，第一场球赛将会在明天启动，第二天接着打第二场，第三天再打最后一场。三天三轮球赛的累计成绩，便是最终的总成绩。

今天只有林大铭一个人没有试场，他依旧去到果岭区练习短切和推杆。而球手们自带的嘉宾和家属们，就由球赛主办方安排去开罗各个景点观光和购物。主办方还将在球赛结束之后，安排所有人去红海和卢克索游玩一番。

晚上，大家试完场之后，又聚在一起聊天吃饭。

经过一天的一起游玩和练球，大家彼此都更加熟悉了。虽说这次大家都是来竞赛的，但更多人是抱着合作心态和寻找商机的目的来着，加上都是业余水平，大家都心不设防，聊得挺欢。这一次球赛有赢取前三名想法的，也仅仅是那少数几个人。

这"少数人"中，除了文健和林大铭，还有上海携玩高尔夫旅游公司的老板吴东方。吴东方是这次参赛球手中，年纪最大、球龄最长的一位老总，他同时还是高尔夫球圈大家熟知的传奇式人物。他之所以"传奇"，是因为他仅有一只手臂！

仅有一只右臂的吴东方，自然是单手打球，也因为独臂的原因，他不仅能够单手自如挥杆，还练就了准确度极高的"单手推球"方法，一般小球上了果岭后，只要在10码内，他都能一杆推进，很神奇。

虽说吴东方是个身体有缺陷的人，但他是很乐观的一个人，他总喜欢讲讲高尔夫的趣事或笑话。所以只要他在场，气氛就会很快变得轻松愉悦起来。

这会儿吴东方又讲起高尔夫的笑话来：

"一个雨过天晴的中午，一个高尔夫发烧友正准备打球。试挥几杆后，一位身穿婚纱的女子泪流满面地跑了过来。她一到就大喊：'我不能相信！你怎么能这么干？'球手平静地挥杆击球，球直上球道后，他才望着女子说：'我说过，只有下雨时才举行婚礼……'"

大家都笑了起来。

"哈哈，我也讲一球瘾的笑话。"同样有幽默感的古伟峰也笑着说。

"有一个犯了球瘾的牧师经常偷偷溜出去打高尔夫，上帝决定惩罚他。上帝让他超常发挥，每一洞都一杆入洞。天使质问上帝：'你这算是在惩罚他吗？'上帝说：'当然，他天天打出这么好的成绩，也不敢向任何人炫耀，没人喝彩，还有什么惩罚比这更残酷的吗？'"

大家又哈哈大笑了起来。

吴东方听完后，马上联想到一个段子，他接过古伟峰的话说："听说过这么一个段子吧，维斯特、米克森和老虎伍兹争论谁是最伟大的高尔夫球手。维斯特说：'我一年赢得九个冠军，奖金超过1000万美元，我是最伟大的高尔夫球手。'米克森说：'我去年荣获美国名人赛冠军，这是高尔夫球界最高荣誉。尤其是在18洞我的一记神推，那简直就是上帝的启示。'你猜伍兹怎么说？"

"怎么说？"古伟峰也很喜欢跟吴东方聊天。

"只见老虎伍兹皱了皱眉头，说道：'我什么时候给你启示了？'"

吴东方笑道。

大家又哄堂大笑起来，欢快的气氛很快也感染了文健，他突然想起一个关于高尔夫球技的顺口溜，文健便趁兴给大家念起这段顺口溜来：

转肩不到位，下杆就受罪；
下杆不送杆，洞洞打加三；
送杆手伸直，球球都笔直；
眼睛盯着球，绝不会抬头；
下杆不抬头，打帕不用愁；
打球不后仰，抓鸟不用想；
屁股往后转，力量不会散；
切杆手放松，打完球洞中；
肩动头不动，推杆都进洞；
重心转过去，击球有乐趣；
收杆不平衡，丢球很心疼；
心里没有鬼，开球不下水；
开杆不发力，球就不 OB；
上坡往右瞄，球往旗杆跑；
长草大号杆，果岭不会穿；
球位往后放，顶风不用慌。

文健这一段顺口溜，听起来像是高尔夫爱好者自娱自乐的段子，大家听完自然就笑起来。但这一回,吴东方不但没笑,反而是若有所思的样子。大家笑毕,吴东方才缓缓地说:"你们不要小看这个顺口溜啊,这几乎字字真言,句句有理,我们要是都能做到,那我们个个都是高手啦。文总能不能再给我们念一遍?"

……

这一次来埃及,吴东方还带着他的女儿吴婧婧来。吴婧婧的年纪跟谭百合相仿,还是学美术的。吴婧婧和谭百合见面后还挺谈得来,于是吴婧婧决定跟谭百合一起住,这样两人都不用补房差了。

第 31 节

一杆进洞，可谓每一个高尔夫球手梦寐以求的幸运球。说是幸运，是因为其发生率极低，能只用一杆便将小球从发球台打进果岭上的球洞的，运气成分远远大于技术成分。

第二天，参加埃及高尔夫球邀请赛的20位球手，都换好高尔夫球衣，戴上高尔夫球帽，穿着高尔夫球鞋，齐齐来到比赛场地。

埃及高尔夫球协会秘书长Mary首先跟大家宣布比赛规则。

这次比赛球手的分组，首先是随机分配原则，每四人一组。第一场球赛之后，将会重新分组，成绩最好的四位为一组，成绩为第五至第八的四人为一组，以此类推，成绩最差的四人作为最后一组。

这次球赛每组球手配备一名裁判助手，裁判助手负责帮四位球手计分。裁判助手将每位球手的记分卡（成绩单）给同组的其他球手签名确认后，提交给负责本次球赛的裁判长。

Mary宣读了这次比赛的规则后，接着就宣布比赛正式开始。

文健被安排跟冯珊、古伟峰和徐翔一组，比赛很快就打响了。

在第一个洞，文健便顺利地抓了一个"小鸟"球，徐翔打了个"帕"球，古伟峰打了个"柏忌"球，冯珊则打爆洞，直接加了四杆。第二个是五杆洞，文健依然以打"小鸟"球领先，而其他三位，只有徐翔继续打"帕"球，表现较为拼搏，古伟峰则打出"双柏忌"球，而冯珊又差点爆洞，又加了四杆。

文健头两个洞便有出色的表现，现场的两个电视台都争相报道，直播了这一赛况。

此时，罗江山和女儿Belinda正在集团的会议室观看直播；广东潮汕高尔夫球队队员们也在广州的Golf Restaurant会所收看比赛；而刚刚在香港结婚的夏冰也在亚洲高尔夫电视台的节目中无意地看到了这一幕……

文健这一组似乎没啥悬念，两家电视台直播了一会儿之后，很快就被另一组抢走了镜头！

抢走镜头的是林大铭那一组。那一组，原本是大家不怎么看好的一组，突然林大铭在头三个洞打出负两杆的成绩之后，紧接着在第四洞，林大铭居然轰出了"一杆进洞"的好球！

一杆进洞，可谓每一个高尔夫球手梦寐以求的幸运球。说是幸运，是因为其发生率极低，能只用一杆便将小球从发球台打进果岭上的球洞的，运气成分远远大于技术成分。之前林大铭没有打过，文健也没有打过，就连打了几十年高尔夫的吴东方也未曾碰到，大家顶多也只是把球打到球洞边沿。

"据统计，一杆进洞的概率，职业选手是五万分之一，业余选手是十五万分之一。今天在埃及Dream Land高尔夫球场举办的业余高尔夫球赛,来自中国海南的业余球手林大铭,在球场的第四洞打出了一杆进洞的幸运球……"电视台记者激动地报道。

林大铭本来就养精蓄锐,打了一杆进洞之后,他整个人就像打了鸡血一样,越打越来劲。接下来的好几个洞,他都连连打"帕"抓"鸟",越来越引起大家的关注。

这一场球赛的另一组,还有一个人也跟林大铭一样充满斗志,而且屡屡打出好球,他就是来自深圳前海高尔夫旅游公司的江佳杰。也许是爱情的魔力,正处热恋期的江佳杰不仅打出他最好的状态,他还在第十一洞的五杆洞,打出一个"老鹰"球,使他一样成为电视台关注的焦点人物。

还有一组,单臂挥杆的吴东方则表现如同以往般稳定,特别是推杆,从第一洞打到第十八洞,他的单手推球有着极高的准确度,也成为电视台报道的亮点之一。

比赛很快进入白热化,大约四个半小时之后,第一场球赛就顺利结束了。

第 32 节

都说高尔夫球是圆的，充满变数，你永远无法预测它将会滚向何方，第一场比赛的结果，让很多人都感到意外，甚至吃惊。

第一场比赛结束后，裁判宣布了结果。

成绩最好，也就是最少杆数的是林大铭，他交出平于标准杆72杆的好成绩！第二名是文健，他的杆数是76杆，比林大铭足足多了四杆；第三名是稳扎稳打的吴东方，他交出了80杆的成绩；而第四名，是连徐翔都想不到的好友——江佳杰，他居然也打出了80杆的好成绩。因为江佳杰的后九洞成绩没有比吴东方好，所以只能屈居第四。

都说高尔夫球是圆的，充满变数，你永远无法预测它将会滚向何方，第一场比赛的结果，让很多人都感到意外，甚至吃惊。

最想不到的，就是"技"不经传的林大铭，居然打了第一，而且还是标准杆！还有，他还轰出了一个"一杆进洞"球。这林大铭绝对可以称得上是本次球赛最大的"黑马"！

想不到"差点"较大的江佳杰，居然打出近乎"破八"的好成绩。而文健，最被看好的唯一一位"单差点"球手，虽然也打得不错，却屈居第二名。

当然，最想不到和感到意外的人是文健自己。当听说第一名是打出标准杆的林大铭的时候，他几乎不敢相信。他记得几年前曾经跟林大铭在海南清水湾高尔夫球会打过一场球，那一次虽然两人不同组，但林大铭的成绩很一般。而他这次报名参加埃及球赛时，报的"差点"成绩也非"单差点"成绩，莫非林大铭最近有高人指点？当听说林大铭打了"一杆进洞"之后，文健才多少有点欣慰，因为如果林大铭不是幸运打出"一杆进洞"球，那估计他还要加上两三杆，这样他俩的成绩差距就不是很大。

文健也知道，林大铭第一场成绩比他少四杆，只要林大铭在后面两场球赛中保持跟第一场相近的成绩，那林大铭夺取第一的机会还是蛮大的。至于另外两位——吴东方和江佳杰，目前看来还不会构成威胁。

裁判公布比赛结果后，Mary接着宣布第二场球赛的分组。

新的分组，林大铭、文健、吴东方和江佳杰为一组。文健知道这样的分组是为了增加看点，对他来说，他更乐意这样的分组安排。这样的分组，在竞赛时，他可以及时了解对手的情况。关键时刻，他还可以调整自己的策略，让对手感受到压力，考验谁的心理素质好。

对于第一场球赛的结果，吴顺德也感到十分意外，他一直认为这次夺冠者非文健莫属，他甚至想在冠军的奖杯上，提前刻好他的名字。之前他对林大铭的水平多少也有所了解，他还以为林大铭连吴东方老总都打不过呢。

谭百合因为对高尔夫的了解还不够深，加上她今天一早跟团出去游玩，没有及时收看直播，所以她并不怎么"紧张"。听到这个结果后，她心想着还有两场球呢，对手跟文健仅差四杆，相信文健很快就会追上他的。

Belinda倒是为文健捏了一把汗，她知道高尔夫除了考验球技，更多还要考验心态，最怕这时候文健泄气或心乱，给对手制造机会。Belinda想着想着，便给文健发了一条信息："心态比球技重要，最终拼的是谁的失误多，切记！"

姜教练也在亚历山大收看直播，他对文健的表现还是很放心的，他只给文健发来"打得不错，继续加油"的信息。

所谓不打不相识，打完第一场球赛之后，文健和林大铭就像老友一样，边聊边回酒店。

但两人并没有聊及刚刚的比赛，此刻两人已心照不宣，埃及这一场特别的高尔夫球赛，只要大家都不出现重大失误，冠军就会在他俩之间产生。

两人回到酒店后，各自回房休息去了。

第二天，文健便早早起床，为了保证三天球赛有足够的精力，昨晚他很早就上床睡觉了。

昨晚文健也没有见到谭百合，因为谭百合她们昨晚接着去尼罗河游船观看肚皮舞和苏菲舞表演，谭百合回来的时候，都已经超过12点了。谭百合因为担心影响文健休息，回来后也没有找他，只是在微信上给他留了言。

早上文健起床梳洗后，便给谭百合回信息。他知道吴婧婧跟她住在一起，所以他也不方便打电话或敲门了。

第 33 节

进门后，两人都凝视着对方，含情脉脉，直至听到彼此的心跳。

文健留完言之后，很快就听到轻轻的敲门声。

一定是谭百合！这是文健的第一反应，他满怀期待地打开了门。

果然是谭百合，当文健打开大门时，门外就站着一脸俏皮可爱的谭百合。刚刚起床，身着白色连衣裙的谭百合，就像一朵洁白的百合花一样，亭亭玉立地呈现在他面前。

两人相视一笑，并没有说话。

很快，谭百合便主动地推门进去，又顺手把门关上，双手则反按着大门上。

进门后，两人都凝视着对方，含情脉脉，直至听到彼此的心跳。

看着像白纸一般纯洁的谭百合，文健忍不住地凑近她。谭百合看着嘴唇翕动的文健，会意般地闭上了眼睛。

文健先亲一下谭百合的额头，而谭百合依然甜蜜般地闭着眼睛。于是，文健接着把双唇吻向谭百合软软的嘴唇……

林大铭今天起床比较晚，昨晚他虽然很早就上床了，但昨天球赛骄人的成绩和意想不到的幸运球，让他一直亢奋着，所以他昨晚总是辗转反侧，反而没睡好。

林大铭起床后，便到楼下吃早餐，接着喝完几杯提神的浓咖啡后，他才来到比赛球场。

林大铭来到球场时，大家都在球场上做热身运动了。见到林大铭缓缓到场，大伙都投以关注的目光。林大铭挥挥手，算是跟大家打了招呼。

很快，林大铭就跟文健、吴东方和江佳杰同组开球，打响了第二场球赛。

第二场球赛一开始，由成绩最佳的林大铭第一位发球。林大铭在做好热身运动并登上发球台时，两家电视台都及时地将镜头对准了他。

在万众期待之下，雄心勃勃的林大铭，却冷不防地开出了一个右曲球——球出界了！

"糟糕！"发完球之后，林大铭心里暗暗叫苦。他本想搏一下，发个远球，却想不到越想打远，越是出问题。

林大铭发完球后，就轮到文健发球。

文健不慌不忙地带着一号木杆走上发球台，只见他试挥几下后，啪的一声急响，他挥出了一记好球。

"哇，好球！真是好球，足足300码！"一旁的江佳杰忍不住喊道，他接着向文健竖起大拇指，表示敬佩。

"不错！"吴东方也点了点头称赞道，接着他也开始发球。

"好球啊，轻轻松松，球道正中。"吴东方单手稳稳当当发球之后，文健也称赞起来。虽然吴东方击球的距离不远，但他的方向却非常直。

最后发球的是江佳杰。江佳杰是他们四位中最年轻的一位，他见文健发球很有距离，他也稍微加力地挥杆。但他击出的球也出现了右曲，只是右曲得不算很厉害，小球最终滚到球道的边沿，还算安全的界内球。

"下车就有得打啰！"江佳杰自嘲道。

"安全高于一切，安全就好，你行的！"文健鼓励道。

随着第一组这四位成绩最好的球手发完球后，第二场比赛进入了激烈的竞争。

在第一个四杆洞，文健便稳稳地拿下"小鸟"球，吴东方和江佳杰各打了个"帕"球，林大铭却反而打出了加一杆的"柏忌"球。

第二洞，是五杆洞，林大铭心里多少有了第一洞的阴影，他开始收着力地发球，发出去的球倒是安全地落在球道上，但是距离损失了不少，因此他花了四杆才把球击上果岭。吴东方和江佳杰本来用一号木杆发球距离就不远，他们都用了五杆才将球击上果岭，最终他们三位都花了七杆才完成这一洞。而这一洞，原本就有距离优势的文健，又打出了低于两杆的"老鹰"球！

文健在第二洞依然发出300码的距离，而第二杆他使用五号木杆打出了220码的距离，直接把球击上了果岭，然后他再一推，仅用三杆便完成了这个标准的五杆洞。

两个洞打下来，文健明显占据优势，也有了气势，多少打压了其他三位球手，特别是压制了最强的竞争对手林大铭。

两家电视台又把焦点放在了文健身上……

第 34 节

五杆洞只用两杆，就是低于标准杆三杆，也就是比"一杆进洞"球还罕见的"信天翁"好球！

"第一名，文健，72杆；第二名，林大铭，75杆；第三名，江佳杰，82杆；第四名，吴东方，83杆；第五名……"

第二场比赛结束后，裁判又开始宣布结果。

但，裁判宣布的仅仅是第二场球赛的成绩，接着他又宣布两场球赛累计的总成绩：

"第一名，林大铭，147杆；第二名，文健，148杆；第三名，江佳杰，162杆；第四名，吴东方，163杆；第五名……"

也就是说，两场球赛下来，林大铭依然是最好成绩，目前排名第一；文健比他多一杆，排名第二；江佳杰则开始反超吴东方，位居第三；吴东方排名第四。

接着，Mary又开始宣布分组，文健、林大铭、江佳杰和吴东方四个人依然同组，准备最后一场球，进行决赛。

今天文健的成绩，似乎在姜教练意料之中，他刚刚陪文健打过两场球,他觉得文健在这个球场是可以打出标准杆的,甚至可以更好。

Belinda 倒是有点意外,几天不见,她发现文健的球技有所提高,心态也更加稳定了。她觉得,只要在最后一场不出现较大失误,文健完全可以击败心态还不够稳定的林大铭。

今天这个成绩,令吴顺德对文健又开始刮目相看,他想不到文健进步得如此神速。但他也一样欣赏林大铭,虽然他觉得林大铭的实力跟文健还有较大差距。

吴顺德还想不到,因为有林大铭与文健势均力敌的较量,亚洲高尔夫电视台的收视率上升了不少,他刚刚还收到香港公司传来的一个好消息——香港长江集团决定在明天决赛时投放一个广告,这个临时插播的巨额广告,还是同样爱好高尔夫的华人首富李老板亲自批示的。

谭百合今天依旧跟团出去游玩和购物,她想着她不在场的话,文健可能会更加专注。今天早上她见文健的状态很好,她更是一点都不担心了。

晚上,谭百合跟吴婧婧回到酒店时依然很晚,她依然没有去打扰文健休息,她想着等明天他打完决赛之后,再好好"犒劳"他。

比赛进行到第三天。这天早上,谭百合还像昨天一样,悄悄溜进文健的房间,与文健相拥激吻。

"相信金字塔爱情的魔力,你一定行!"离开文健的房间时,谭百合无比深情地对文健说。

……

总决赛终于打响了!

一大早,文健和林大铭、江佳杰、吴东方,以及另外16名球手,齐齐来到比赛场地。

从第一洞开始，文健便继续保持了昨天的状态，连连打了几个"小鸟"球；林大铭一开始也不示弱，他第一洞便拿下"小鸟"球，接着第二洞保住"帕"球，第三洞又打了"小鸟"球；最年轻的江佳杰又像是回到第一场球赛的状态，接二连三地打"帕"球；只有吴东方，似乎经过两轮比赛之后，体力有所不支，他击球的距离是越来越短，以致击球上果岭总要浪费一两杆。好在他的单手推球依然精准，成绩也不会太差。

打完上九洞，文健总算比林大铭少了两杆，他开始超越林大铭。江佳杰更比吴东方少了五杆，并开始有追赶林大铭的架势。

比赛紧接着进入了后九洞，越来越激烈，越来越引起大家的关注。这一次，埃及高尔夫球协会的正副会长，还有吴顺德、Mary和Belinda等人，都亲临现场观战。

后九洞的第一个洞，也就是第十洞，是个569码的五杆洞。文健在第一杆轰出约320码距离的落点，小球落地后遇到大下坡，又向前滚了将近30码。也就是说，他发了一个350码的超远球，这个球也是这次比赛以来，所有球手打得最远的一个球。更神的是，文健再打第二杆，小球居然撞到旗杆，接着小球顺着旗杆掉进了洞里！

五杆洞只用两杆，就是低于标准杆三杆，也就是比"一杆进洞"球还罕见的"信天翁"好球！

"哇，信天翁，厉害啊！"江佳杰喊道，他对文健是越来越佩服。

文健在第十洞的这一记"信天翁"球，对林大铭造成了更大的心理压力。

果然，林大铭从第十洞开始，便频频失误，在文健的打压和江佳杰的追赶下，他越打越不顺心。

这高尔夫有时也跟打麻将似的，打得好，手气就越来越好，打得不好，手气就越来越差。运气同样是高尔夫的一部分，从后九洞开始，幸运之神再也没有偏向林大铭了。

……

又经过几个小时的激烈争夺，五组球手都打完了18洞，比赛终于落下帷幕。

作为老将，吴东方在第三场打了86杆，总杆成绩为249杆，只拿到这次比赛的第四名。

作为后起之秀的江佳杰，他在第三场神勇地打出了79杆，总杆成绩241杆，赢得这次比赛的季军。

作为本次球赛最大"黑马"，林大铭有点"晚节不保"，第三场打出了82杆，但由于他第一场发挥得比较好，总杆成绩仅为229杆，位居第二。

而堪称实力派的文健，最终如愿以偿，他在第三场竟然打出了历史最好成绩——低于标准杆负一杆的71杆！最终文健以总杆成绩219杆的骄人成绩，反超林大铭而夺取了本次球赛的冠军！

……

第 35 节

　　两道弯弯的眉毛下，睫毛浓密长翘，鼻梁纤巧，白嫩而红润的小脸上有一对小酒窝，酒窝之间有着两片薄薄的嘴唇。

梦

一场美梦

一场长长的美梦……

　　从广州白云机场飞往开罗的飞机，在进入埃及领空的时候，遇到一股强气流。强气流引起飞机一阵颠簸，把文健从长长的美梦中震醒！

　　原来，飞机还没抵达开罗机场！

　　原来，飞机仍未将文健送达他一直向往的神秘国度！

　　原来，之前的一切一切，都是一场梦，一场长长的美梦！

　　文健从梦中醒来之后，首先见到的是，还在一旁侧头睡觉的谭百合，她的手里还捂着一本名为《手腕》的书。

　　文健定了定神，他的脑海记忆开始回归一个小时他睡觉之前的时刻。

　　那一刻，学妹谭百合还没睡觉，她跟文健谈天说地之后，跟他借了一本他在白云机场购买的高尔夫小说。

文健再看看手表，此时已是凌晨4点，也就是说，飞机从白云机场起飞，已经飞行了11个小时。文健清楚地记着，这11个小时里，他很多时间都跟刚刚认识的谭百合在聊天。

文健再回回头，只见亚洲高尔夫发展理事会会长吴顺德和助理李晓小，还有林大铭、徐翔、江佳杰、谷大菲、谷小菲等三十几个人，正坐在飞机的后排睡着觉。就在11个小时之前，他们都一起在白云机场国际出发厅，一边候机一边聊天。

文健接着打开手机，手机里的微信还有11个小时前的各种信息：

有北京长城长高尔夫旅游公司老板娘冯珊发来的信息——冯珊已在三天前跟丈夫章梓忠来到了开罗，她询问文健何时抵达开罗；有广东潮汕高尔夫球队姜教练说他两天前来到埃及亚历山大看望他女儿，他想约文健一起打场球……

还有在吴顺德创建的微信群里，昆明彩云高尔夫旅游公司老板古伟峰说他和女朋友刘佳芸误机了，正在改签下一个航班；上海携玩高尔夫旅游公司老板吴东方说他这次带着刚大学毕业的女儿吴婧婧来，看看有没有一起拼房的；还有会长助理李晓小发出一堆关于埃及景点的各种图片和介绍……

原来一切都是梦，梦里文健只不过是把之前认识和刚刚认识的，见面和未见面的，认识但未谋面的人，还有之前浏览过的图片和文字信息，一一在脑海里"演绎"了一遍。

飞机还在继续飞行，手机因为无法连接到网络，还看不到最新信息，文健便先起身去洗手间梳洗一下。

在埃及的飞机上，文健见到每个座位都有插头给手机充电，而且许多黑色皮肤的阿拉伯人都开着手机，而乘务员都没有阻止，文健也跟着开着手机。文健猜想这或者是埃航才特许的吧。

文健梳洗完毕后，返回座位，此时谭百合还在睡觉。

这次应邀前往埃及参加业余高尔夫球赛的老板们，几乎个个都是成双成对，只有文健落单地坐在前面。登机后，文健以为他会自个在飞机上忍受长达12个小时的煎熬，谁知道很快在他面前便出现了一位皮肤白皙、模样可爱的女孩。在他帮助这位个头不高的女孩托放行李后，女孩貌似对他很有好感，接着跟他聊天说地，聊着聊着还发现两人毕业于同一所大学，女孩对他更是亲近起来……这个女孩自然就是坐在他旁边的谭百合。

熟睡中的谭百合，头正好侧向文健这边。坐回座位后，文健忍不住端详起谭百合来。

仔细观看谭百合，谭百合两道弯弯的眉毛下，睫毛浓密长翘，鼻梁纤巧，白嫩而红润的小脸上有一对小酒窝，酒窝之间有着两片薄薄的嘴唇。像这么一个小巧型的美女，也是文健喜欢的择偶类型，他之前的女朋友夏冰也大概是这个样子。

文健不仅仅喜欢她的模样，还特别喜欢她俏皮而喜欢幻想的乐观性格。谭百合从一上飞机就开始跟文健谈天说地，经过一番愉悦交谈，文健基本了解了她是怎样的一种性格。

文健几乎零距离地看着谭百合，突见谭百合嘴唇有些翕动，还有点喃喃自语似的。文健想起睡梦中曾跟她接吻，内心竟不禁蠢蠢欲动起来！

这是"心动"的感觉,直觉告诉了文健!

这种感觉很奇妙,这种感觉也曾在他身上发生过。那是三年前,当文健第一次见到夏冰的时候,他几乎零时间地喜欢上了夏冰。然而,自从夏冰离开他之后,他再也没有找到过这样的感觉了。

这种感觉也让他想起夏冰来。就在半年前的一天,跟他分手多时的夏冰突然给他发了一条微信信息——夏冰告诉他,她刚刚在香港结了婚,希望文健原谅她并祝福她。当文健想给她回复信息时,发现信息已经发送不出去了……

感情的失落加上生意的惨淡,让文健也一度消沉,他花了不少时间和努力才调整了过来。这或许要归功于高尔夫的魔力,这几个月来,他几乎天天都泡在高尔夫球场。高尔夫带给他快乐,高尔夫让他成熟,高尔夫也让他慢慢恢复了自信。

或许是太专注于高尔夫,短短的几个月,文健的高尔夫球技也是突飞猛进。原本在"8字头"徘徊的他,最近的几场球,他都几乎打出了接近标准杆72杆的好成绩,而最后一场跟老友吴顺德在云东海高尔夫球场打的一场球,他更是刷新了自己的纪录,交出了71杆的负杆好成绩!也正是因为如此,他成为这次应邀到埃及参赛最被看好的高尔夫旅游公司老板之一。这次参赛的老板们,据文健所了解,只有尚未谋面的"独臂高侠"——吴东方跟他有一拼,其他人,还没听说有谁能构成"威胁"。

第 36 节

当她读了高尔夫小说《手腕》之后,她才知道她身边是一位多么厉害的业余高尔夫高手。

飞机又一阵颠簸,把谭百合震醒了。谭百合睁开惺忪的双眼,就看到了文健迷茫的眼睛。

"Hi。"刚醒过来的谭百合跟文健打了声招呼。

"哦,嗨,醒了?飞机快到开罗了。"文健从沉沉的思绪中回过神来。

"想啥呢?"谭百合诡秘一笑。

迷人的一笑!

"没,没啥。"文健回答得有些不自在,而且这会儿两人挨得很近。文健只有跟夏冰在一起的时候,才会跟异性朋友的脸部挨得这么近。

"我梦见文师兄啦。"谭百合继续笑着说。谭百合一笑,脸上的两个小酒窝更加明显,甚是好看!

"哦,梦见我什么啦?"文健好奇地问道。

"梦见您教我打高尔夫,就在埃及金字塔旁边。"

文健听谭百合这么一说,拿起放在前方座位的一本旅游杂志,只见杂志封面上，有一对情侣正在金字塔挥杆，封面还标注着："在埃及金字塔下，与法老一起挥杆。"

文健接着说："弗洛伊德有一本书就叫作《梦的解析》，他的理论是人既有意识活动，也有无意识活动。当人醒着的时候，意识活动控制无意识活动，所以有些欲望就不能够得以实现。当人睡觉的时候，没有意识控制了，这个时候，无意识的这个欲望，就以梦的形式宣泄出来，而且以梦的形式得到满足。在你入睡之前，我跟你讲过回广州之后，教你打高尔夫，而你又正好看了这个杂志封面，所以就产生了刚才一梦。呵呵。"文健对谭百合的梦不足为奇，他刚才也做了一个十分离奇而逼真的美梦。

"师兄真是博学啊，又受教了。"谭百合一脸敬佩地说道。

第一次独自远行的谭百合，在飞机上与偶遇的学长文健无所不谈之后，她发现文健学识渊博，而且还多才多艺。当她读了高尔夫小说《手腕》之后，她才知道她身边是一位多么厉害的业余高尔夫高手，因为文健跟她提过他最近最好的一场18洞的成绩。

跟文健聊了几句之后，谭百合就先去了一趟洗手间。

在狭窄的洗手间里，谭百合反复照着镜子，她一边在想，那帅气又稳重的文健也跟她提及他是单身一族，不知道他会不会喜欢她这种模样的女孩？

哎，真是白日做梦，像他这种既有"才"又有"财"的老板，怎么会喜欢她这种小白领呢？还是不要胡思乱想了！谭百合一边心想。

谭百合想想自己不过是中了一只新股，才有了一点小钱趁空闲出来游玩，回到广州后，刚刚辞职的她还得重新找工作呢。至于跟文健学高尔夫，那只不过是嘴上说说而已。

梳洗完毕后的谭百合精神焕发，回到座位后，她心情更是愉悦，因为飞机很快就要抵达她小时就梦想去往的神秘地带。

谭百合回到座位后，就跟文健说，他买的《手腕》一书，能否借她读完？因为她才看了几章，就对高尔夫这项特别的运动产生了兴趣，而且她还被主人公的爱情故事牢牢吸引住，就想一探究竟。

谭百合去洗手间的时候，文健就动了一个想法，他想跟谭百合继续保持联系，继续交往，因为，谭百合也是一位难得让他"心动"的女孩。

谭百合刚提出借书，文健就满口答应，文健还跟她说，她可以考虑在他们比赛的那一天，来高尔夫球场观摩。文健知道这次高尔夫球赛是可以免费观摩的，因为这一次球赛的主要目的是埃及为了进一步地促进旅游业，同时也正好响应了中国提出的"一带一路"合作构想，作为主办方的埃及高尔夫球协会，希望有更多的人来现场了解和宣传这次的业余高尔夫球赛。

"好啊，我争取来给您鼓鼓气！"谭百合兴奋地说道。

第 37 节

真心喜欢一个人，才会设身处地去担心她的安全问题。

又一阵激烈的颠簸，飞机终于顺利地降落在开罗机场。

到了机场，谭百合便自个背包走了，文健则跟随"大部队"，在机场大厅集中，等候球赛主办方接机。

等候的时候，大家纷纷在机场兑换埃镑。在中国的银行和机场，都无法直接获取埃及的钱币，大家只能兑换美金，再到埃及兑换埃镑。

没多久，埃及高尔夫球协会秘书长Mary一行数人，就出现在大家面前。

"欢迎来到埃及！"Mary首先见到亚洲高尔夫发展理事会会长吴顺德，她赶紧上前跟吴会长握手，接着她跟大家挥手致意。

Mary一行人中，有个混血儿模样的长头发女子，引起了文健的注意。

文健在白云机场候机的时候，吴会长就特别跟他提起她，还给他看过她的照片。她就是本次高尔夫球赛的主要赞助商——埃及华力集团的老板的独生女，叫Belinda。吴会长还跟文健开玩笑说，Belinda还是单身，之前还在北京大学念了两年中文，他让文健看看有没有本事"泡"到她，因为她的父亲,不仅是埃及高尔夫球协会副会长,还是埃及华人首富呢。文健知道吴会长是在开玩笑,并没有放在心上,只是见过她的照片,对她还是蛮有印象的。

文健突然也想起睡梦中的Belinda,梦中的Belinda对他可情有独钟。文健知道那只是个梦,要是接下来Belinda也会喜欢上他的话,那他就穿越时空提前去到未来世界了。虽然埃及是个充满神秘的地方,但那只是比梦还不靠谱的传说。

Mary跟大家打了招呼之后,才开始一一介绍前来机场接机的几位陪同人员。吴会长则一一介绍本次参赛的老板们。

介绍完毕,大家一起坐上了华力集团前来接机的一辆旅游大巴,此时天才微微亮。

上了大巴之后,Mary才跟大家讲接下来的安排:首先,主办方会送大家前往本次球赛指定的酒店,在大家休息两三个小时之后,大约上午10点,在紧挨酒店的Dream Land高尔夫球场,举办本次活动的开幕仪式。举办完开幕仪式之后,主办方安排大家去参观最能代表埃及古文明的金字塔和狮身人面像。第二天,也就是明天,在大家休息够之后,安排大家在Dream Land球场试场。第三天将是正式比赛,上午和下午各打一场,两场球赛总成绩决定胜负。比赛完毕之后,也就是第四天开始,就是大家的自由活动时间。

文健一边听着Mary的活动安排,一边观赏沿途的风景。文健也是第一次到埃及,在机场去往酒店的路上,文健极目所见的,更多是一望无际的黄沙,路上并没有什么像样的好车,两旁的建筑也是又矮小又拥挤,跟现代化城市广州相比，作为埃及的首都，开罗在经济上还是比较落后的。

文健突然想起睡梦中，Belinda开着玛莎拉蒂的豪车。文健心想，如果她真的开着这样的豪车在这样的路上奔驰，一定会成为一道特别的风景。

想到这，文健忍不住瞧一眼坐在车前的Belinda。正好此时，Belinda也刚好回了一下头，她也瞧到了文健。于是，两人相视一笑。

Belinda的真人比相片还要好看，特别是她一笑便露出一排雪白的牙齿，最容易让人印象深刻。

文健听吴顺德介绍，这Belinda也会打高尔夫，就是不知道她的水平如何。如果她真的像睡梦中那么高水平的话，他还真想跟她比试一下。

想到Belinda，文健又想到谭百合，那位让他有"心动"感觉的女孩，一个人跑到这个人生地不熟的非洲国家游玩，会不会不够安全呢？

真心喜欢一个人，才会设身处地去担心她的安全问题。

文健想着想着，眼前的视线突然变得"模糊"起来。原来，这会儿外面正刮沙尘暴，窗外的能见度突然变得很低。沙尘暴来得又急又快，让文健更加牵挂起谭百合来。

文健想起睡梦中，他来到埃及两天之后，才跟谭百合互通微信，那还是人家谭百合主动找了他。他突然意识到，接下来，他更应该主动地联系谭百合，说不定她真的需要帮忙，再说，既然自己对她动了心，为什么就不能主动追求对方呢？可不要像睡梦中那样，差点就留下遗憾了。

文健想着夏冰既然已经结了婚，时隔这么久，他也该重新开始了。

想到这，文健便立即开启手机微信。他在微信上先询问谭百合从机场出发后是否顺利，再把刚才Mary所说的活动安排，跟她说了一遍。

文健发出微信后，谭百合许久都没有回复，直到大巴到达酒店，谭百合还是没有任何回复。

大巴到达酒店门口时，文健还发现几个荷枪实弹的警察带着两条狼狗，对大巴先行检查一番才放行，到了酒店大堂门口，还有一道严格的安检。看来埃及的安全问题，还是相对比较严峻的。

第 38 节

埃及菜以烧烤煮拌为主，多用盐、胡椒、辣椒、咖喱粉、孜然和柠檬汁调味，口感偏重。

大巴到达酒店后，文健便随大家一起到酒店大堂登记入住。这次比赛指定的球场——Dream Land高尔夫球场的总经理Higazi，也闻讯赶来跟大家认识一下。Higazi还特别请大家在酒店吃早餐，算是为大家接风洗尘，这会儿大家也已饥肠辘辘了。

第一次来到埃及，大家都好奇埃及的饮食跟中国有啥不同，Mary也就边吃边跟大家介绍起来。

"埃及地处欧亚非之间，是众多文化冲撞融合之地。埃及不仅有中东菜馆，也有西餐馆和专做古典式的菜馆，选择众多。埃及菜以烧烤煮拌为主，多用盐、胡椒、辣椒、咖喱粉、孜然和柠檬汁调味，口感偏重。烤肉和咖喱是埃及人的至爱，餐后吃甜品也是必不可少。在埃及，不同的宗教节日里有不同的节日食品，如斋月里要吃焖蚕豆和甜点，开斋节要吃鱼干和撒糖的点心，闻风节吃咸鱼、大葱和葱头，宰牧节要吃烤羊肉和油烙面饼……"自诩"吃货一族"的Mary，讲起美食来就滔滔不绝。

Mary介绍埃及饮食的同时，也利用早餐的时间，向每一位参赛的老板发放一张本地的手机卡。埃及的手机卡也不贵，几十元便有3G的流量，足以让大家在这几天上网使用。手机卡不贵，但非常实用，让大家感到主办方很贴心。

早餐毕，大家都回房休息去了。

上午10点，大家齐刷刷地来到开幕仪式现场。这时，提前来到埃及游玩的冯珊和提前来埃及考察的吴东方等人，也赶到了现场。

出席开幕式的领导和嘉宾有埃及国家旅游部部长助理和亚洲部部长、埃及高尔夫球协会会长、埃及对外友好交流协会会长、埃及华力集团董事长，还有中国驻埃及大使馆经济参赞、中国驻开罗文化中心主任、埃及华人商会代表等。开幕式在多家电视台"长枪短炮"的聚焦下，开得是轰轰烈烈。

开幕式还特设一个开球仪式，由四位开球嘉宾向四个不同颜色的高尔夫彩球击球。击球之后，四个彩球冒出不同颜色的烟幕，给开幕现场增添了热烈气氛。

开幕式结束后，大家在酒店里，一边享用午宴，一边进行交流。

共进午餐的时候，不知道是不是吴顺德有意让Mary安排的，文健和Belinda正好在一桌，而且还挨在一起。

文健从一到机场就开始注意Belinda，他还想着，在适当的时候，试探一下Belinda的高尔夫球技如何，有机会跟她切磋一下。文健跟Belinda刚坐在一起的时候，文健想不到自己还没开口，Belinda却先出声了。

"Hi，我听说您的高尔夫打得最好，极有可能在这次球赛拿第一名哦。"Belinda一开口就语出惊人。

"没有,没有……这是谁讲的?"文健却是受宠若惊的样子。

"Mary呀,吃早餐的时候,我听Mary和吴会长在聊天,吴会长也相当看好您,他说您可能是这次球赛唯一保持'单差点'的稳定性球手!"Belinda一脸敬佩的样子,她的普通话还说得挺不错。

文健突然想起来了,吃早餐的时候,吴会长和Mary、Belinda坐在一桌,他们还好像都同时瞧了他几眼,似乎在议论他,原来是在谈这事。

只听Belinda继续说:"我最敬佩你们这些高尔夫打得好的人,我是怎么打都难以破百,就像你们常说的,总是'三轮车'的水平。有机会还要向您请教一下。"

Belinda说这话的样子很认真,完全不像是谦虚的样子。

"哦,客气客气,大家有机会多交流。"文健十分礼貌地回答。

Belinda的回答出乎文健的意料,似乎有点大跌眼镜。"想多了,真的想多了,呵呵。"文健对自己暗道。

午餐过后,大家又坐上了华力集团的大巴,这一次大家更是充满期待,希望车子可以尽快到达目的地——埃及金字塔!

在埃及尼罗河下游,散布着大大小小约80个金字塔遗址,其中位于开罗郊区吉萨的胡夫金字塔最大,而且最具有代表性。胡夫金字塔离比赛球场也不远,于是,他们就先来到这个举世闻名的胡夫金字塔。

到了胡夫金字塔,文健的第一反应就是想从金字塔最底部爬到金字塔最顶端,因为这个金字塔实在太"高大威猛",而且还是由一大块一大块的巨石堆成的,容易攀爬。如果爬到最顶端,是不是可以一览众"塔"小呢?遗憾的是,据说早期的金字塔还允许游客往上爬,现在却一概禁止了。

文健的第二个强烈想法，就是希望也在这里遇见谭百合。从早上到现在，谭百合都没有回复他的微信信息，不知道她现在人在何处，是否遇到什么麻烦。如果能跟她一起观光这个象征"崇高"与"永恒"的金字塔，那该多好啊！

文健随团队游玩完三座金字塔和狮身人面像，也没有如愿遇到谭百合，谭百合也依然没有回复他的信息，文健只好带着一丝遗憾地跟着大家乘车回酒店。

回酒店途中，文健开始有些懊悔，为什么在谭百合离开机场的时候，自己就没有勇气邀请她一起游玩呢？

在回酒店的路上，来自湖南的徐翔和江佳杰两位球友提议大家一起去尼罗河游船观看肚皮舞表演，顺便喝上两杯。徐翔和江佳杰的提议，很快得到大家的赞同。于是，大巴便中途改道，先送大家去到有肚皮舞表演的游船。

日落是尼罗河最美的时候，大家到了尼罗河，发现满天霞云，奇形怪状，甚是壮观。彩云之下，河上还有三桅帆船漂荡。三桅帆船的船身十几米长，船头是帆，船尾是舵，船尾有一人在掌舵。远远望去，扬展三角形白帆布的帆船，在尼罗河上轻快滑行，就像一只只张开双翼贴着水面飞翔的巨大水鸟，成为尼罗河一道靓丽风景。于是，大家忍不住先体验起帆船来。

帆船行驶在埃及美丽的母亲河上，微风徐徐吹来，把大家一天的疲惫都驱赶得无影无踪了。

天黑下来，停靠在岸边的游船也亮起各式彩灯，大家又兴致勃勃地登船了……

第 39 节

"我看你啊，还不如找个美女伴侣，那样更能激发你的潜能。"姜教练却像是认真地说。

参加埃及高尔夫球赛的球手们，第二天便一起在昨天刚起名为"梦想家园"的高尔夫球场试场练球。

文健一早起床，他并没有立刻下场，他要等姜教练一起下场练球。

文健起床后的第一件事，便是查看手机微信。他心系微信的原因，除了想知道姜教练已经到达哪里，最重要的，他还是想查看谭百合是否回复了信息。

然而，微信里除了姜教练留言说他半个小时后抵达球场之外，并没有任何信息！

谭百合究竟情况怎样？为什么她不上微信呢？或者说，为什么她不回复他的信息呢？

文健有些失望，昨晚回到酒店，他就特别希望谭百合能在微信上跟他聊天，哪怕是聊上一两句也好。还有，明天就要进行比赛了，他多么希望谭百合能到场观战。如果她在的话，相信多少也能给他带来动力。

失望的文健，开始有点失落。

昨晚在尼罗河的游船甲板上，文健就给谭百合发了几张金字塔背景的照片。在跟她分享了一堆在金字塔的感受之后，文健还鼓起勇气给谭百合留了最后一句"在哪儿了，想我吗？"的话。

一早起床仍未见谭百合回复，于是文健便先下楼吃早餐。他一边吃早餐一边等姜教练。在吃完早餐之后，他又忍不住给谭百合发送了一句："在哪儿了？想你啦！"

文健发完信息后，就见到了姜教练，于是两个人便开始在球场打起球来。

第一场球，由于对球场不够熟悉，文健打了76杆，姜教练打了67杆，两个杆数正好倒过来。第二场球，文健慢慢熟悉了场地，又在姜教练的悉心指导下，打了标准的72杆。姜教练因为要指点文健打球，专注度不够，加上球杆还是临时在球场租借的，他在第二场球反而交出了比第一场还多两杆的成绩，不过依然是6字头——69杆！

虽说文健只是比姜教练多了三杆，但文健心里清楚得很，无论他再怎么努力，想再减少这三杆达到"6字头"的水平，是绝对不可能的！

"我估计我要下辈子才能打出6字头的成绩啦！"文健打完球感慨道。

"当年我打到7字头的时候，也是这么想，呵呵。"姜教练却鼓励文健说，"说不定啊，你的愿望明天就在这片神奇的土地上实现了。"

"哈哈，那一定是金字塔赐予的力量。我昨天去过金字塔，听说金字塔能增加人体能量，激发潜能，特别是刚刚去过金字塔的人，都会功力大增。"文健开起玩笑来。

"我看你啊，还不如找个美女伴侣，那样更能激发你的潜能。"姜教练却像是认真地说。

姜教练大老远从亚历山大跑来开罗陪文健练球，让文健十分感动，于是打完球，文健便请姜教练一起去开罗塔喝上几杯。

练球、喝酒，还有聊天，一天就这么过去了！

但，文健的微信上，依然未见谭百合任何回复！

晚上回到酒店之后，文健又开始检讨自己，是不是自己太主动了，吓着对方了？

应该不会，在飞机上一起度过了漫长的12个小时，他明显感觉谭百合也是喜欢他或不至于排斥他的。

文健又开始后悔在机场没有留住她，明明知道她独自远行，却让她就这么孤零零的一个人背包走了。想着想着，文健便再给谭百合发送了几条信息。

第一条信息是再次告知她，他明天就要正式参赛了，希望她可以到场观看。最后一条，文健再三考虑之后，给她发送了这么一句话："你还好吗？真想再见到你，我想我是喜欢上你了！"

第40节

听说在埃及猫极有灵性,在埃及遇到猫,就会有好运降临。对于这个说法,谭百合只当是个传说,但她现在宁可相信这个传说是真实的。

第三天,高尔夫球赛正式开启。

上午,20位球手都在球场上认真地打完第一场球,各家电视台也进行了现场直播。

比赛结果,成绩最好的是上海的"独臂高侠"吴东方,他交出了78杆;第二名才是发挥有点失常的文健,他打了82杆;第三名是本次球赛唯一一位女性球手冯珊,她超常发挥地打了83杆;第四名是误机刚赶到球场的古伟峰,没有试场的他,顽强地打了88杆……

打完球之后,大家都回酒店吃午餐并休息一下,准备进行下午的第二场球赛,也就是决赛。

文健打完第一场球之后,心里暗自惆怅,他想不到自己在最后几个洞,居然连续出现好几个失误,导致成绩如此不堪。

这实在太不应该了,文健反复反思那几个失误,就是不明白为何突然会出现这么多的失误。打高尔夫难免出现这样那样的失误,但连续出现差不多的失误,对于高手级的球手,就太不应该了!文健自责起来。

中午休息的时候,文健甚至开始痛心疾首起来,他想他下午必须提起十二分的精神,打出至少像昨天一样的成绩,否则别说冠军,就连亚军都未必保得住。

中午休息的时候,文健再一次打开微信。微信里的留言很多,大多是给他加油鼓励的话,因为很多人都看了电视直播。但,就是没有见到谭百合的任何信息……

再说两天前谭百合走出开罗机场之后,天还没怎么亮。原本计划先去观光金字塔的她,由于语言沟通问题,阴差阳错地上了一部去往红海的大巴。

去红海的车,一走就是六个多小时。由于来不及在机场购买当地手机卡,她的手机又没开通国际漫游,谭百合无法查看手机新的信息。当她终于到达红海的时候,她又发现手机没电了。

既然来到红海,那就先在红海游玩一番。红海度假区的酒店比较昂贵,谭百合只好选择比较廉价的酒店。住进酒店之后,谭百合又发现她的手机插头跟酒店的插座无法匹配,她只好索性不用手机了。

谭百合住着廉价的酒店,却很聪明地跑到豪华度假酒店去享受私家海滩。到了晚上,她便看看《手腕》一书。第二天,天还未亮,谭百合便起床去乘坐据说是"世界上最便宜"的热气球。坐完热气球,她又去坐玻璃船。在玻璃游船上跳舞、潜水和观看海底生物之后,她又跟船上游客拼车去体验沙漠穿越,还有在沙漠上骑骆驼。

日暮之时,谭百合才静下来观赏沙漠日落。

一望无边的撒哈拉沙漠，让疯玩了两天的谭百合，忽然想念起飞机上那位稳重贴心的大帅哥来——他就是文健！他就是她感觉遥不可及的梦中情人。

要是他在这里就好了，谭百合心想。

此刻的他在干什么呢？明天还是后天他该进行比赛了吧？虽然谭百合在飞机上貌似很笃定地答应文健去看他比赛，但当时她只是说说而已，因为她猜想文健也就是说说罢了。

天黑了，谭百合才跟车走出沙漠。车子跑上公路之后，拐进一个加油站。在车子加油的时候，谭百合意外地发现这个加油站居然有欧式的插座转换器出售，而且价格还不贵！谭百合欣喜若狂，她毫不犹豫就跟店主买了一个转换器。

回到酒店，谭百合便迫不及待地给手机充电。她一心想着，待手机充好电之后，她就跑到那家豪华度假酒店一边享受海风，一边蹭酒店Wi-Fi，上网"冲浪"一番。

手机还没充足电，谭百合便带着手机出了门。出门的时候，她发现门口有一只可爱的埃及猫，谭百合听说在埃及猫极有灵性，在埃及遇到猫，就会有好运降临。对于这个说法，谭百合只当是个传说，但她现在宁可相信这个传说是真实的。

终于到了度假酒店，谭百合很快就让手机连上了网络。手机连上网之后，谭百合就先上微信。一上微信，谭百合就"惊呆"了……

第 41 节

这应该是"上天"的安排，安排她在"天上"遇到意中人。

第二场球赛，按计划在下午2点开打。

1：45，参加比赛的20位球手，陆陆续续地来到比赛场地热身，做好准备。

第二场球赛进行了重新分组，在第一场球赛排名前四位的吴东方、文健、冯珊和古伟峰分在第一组。比赛很快就开始了。

第一场球赛，来到现场观赛的人并不多。经过上午一轮电视直播之后，下午来现场观赛的人，突然多了起来。

在第一场成绩最佳的吴东方开球之后，就轮到文健开球了。

当文健站上发球台的时候，他突然发现围观的人群中，多了一张熟悉而美丽的面孔——是她！居然是她！居然是谭百合！

文健瞧见谭百合那一刻，惊讶得连嘴巴都合不拢。文健的反应似乎在谭百合意料之中。她赶紧对文健微微一笑，并点了点头。

谭百合这一微笑、一点头，像是说明她已经收到文健的信息，像是表明她已经默许了文健的"暧昧"！

文健在一刹那间，心领意会！他也对着谭百合微微一笑，并点了点头。

谭百合昨晚见到文健的一大堆留言之后，激动得难以言语。她想不到她喜欢的人，居然也喜欢她！她突然想起出门时见到的那只埃及猫了，埃及猫在古埃及被认为是月亮之神的化身，而在古中国，月亮之神乃月老，也就是媒神。喜欢奇思怪想的她，居然把这些"见闻"也串在一起了！

这应该是"上天"的安排，安排她在"天上"遇到意中人。谭百合越想越激动，难掩兴奋的她突然冲着一波接一波的海浪大喊了一句："我也喜欢你！"

一阵兴奋之后，谭百合开始寻思怎么给文健回复。她想着想着，突然产生了一个新想法，她暂且不回复信息了，她决定明天一早就出发，赶到"梦想家园"高尔夫球场去看文健决赛。

文健见了谭百合，突然精神一振，一时间，浑身上下，像是充满电似的，很带劲！

"好球……哇，至少300码！"

"漂亮……这球打得又直又'痒'，好球啊！"

"哇啊……文大帅哥你这是抓'老鹰'的节奏啊！"

在文健打出第一杆之后，吴东方、古伟峰和冯珊竟不约而同地赞赏了起来。

文健知道大家相继喝彩的原因，"梦想家园"球场的第一个洞是四杆洞，全长才340码，文健第一杆就几乎打到了果岭上！球在果岭边，离旗杆还不远，很容易就一切一推拿下"小鸟"球。

接着，文健再续打第二杆，直直地把球切滚到球洞里！想不到还真被冯珊言中——擒下"老鹰"球！

文健第一洞就"破天荒"地打出负两杆的成绩，引来全场围观的人一阵叫好和热烈掌声，谭百合更是一个劲地鼓着掌。

在第一洞，吴东方也不甘示弱，他打出了负一杆的"小鸟"球，而古伟峰和冯珊则打了加一杆的"柏忌"球。

下午的比赛，因为有更多高尔夫爱好者一路跟随观看，比赛气氛显得更加紧张。而文健，下午却反而比上午更放得开。

文健越是放开来，越是发挥得好！就这样，他的状态就一直保持到第十八洞。在第十八洞，他也以"小鸟"球完美收官。

文健打完第二场18洞之后，并不像上午那么紧张其他人的成绩。一打完球，还没收拾好球杆，他就径自走向了一直跟随着他的谭百合。当文健走近谭百合的时候，谭百合激动得心怦怦直跳。

谭百合激动的原因，一是她已经知道文健打出了好成绩，上午来开罗的路上，她已经认真读完整本《手腕》，多少了解了高尔夫是怎么回事；二来，她知道文健为何向她走来，她猜想文健一定会给她个拥抱！此刻她和文健已经开始有些心照不宣。

果然，文健一走近谭百合，就张开双臂紧紧地抱住她，生怕她再次"走丢了"！

文健这一特别的举动，引得围观的人又是一阵欢呼！

但，比赛还没就此结束！

比赛居然还没结束！

这是几乎所有在场的人，都没有想到的！

只听裁判很快宣布比赛结果：文健第二场打了71杆，而吴东方竟然也交出75杆！两人两场球的成绩相加，居然都是一样的153杆！其他球手，古伟峰虽然也突然爆发打了80杆，但他只能以168杆拿到季军，冯珊下午又反弹到87杆，结果比古伟峰多2杆，屈居这次比赛的第四名……

紧接着，裁判当场宣布：文健和吴东方两个人，需要打加洞赛！

打加洞赛，也就是再打一洞决胜负。

第 42 节

看到小球安全落在他期望的位置上,文健才舒了一口气。他这一狠招还是从微信公众号《高尔夫教学》里的视频学到的。

加洞赛,紧接着就开始了。

根据之前主办方的规定,加洞赛的球洞需要抽签。抽签的结果马上就出来了,加洞赛在第六洞进行。

一抽到在第六洞比赛,吴东方心里就暗暗叫苦!这个全长560码的第六洞,是"梦想家园"球场最长也是最难的一个五杆洞,它还是个"左狗腿"形状的球洞!

本来打长距离的球洞就是吴东方的弱项,再加上这个球洞是"左狗腿"形状,如果打得太短,还得分杆来打!

分杆,就意味着要浪费一杆!

听到这个要在长五杆洞比赛的时候,吴东方就心凉半截了!要知道,长距离的球洞,却可让对手文健充分发挥他长杆的优势。

文健下午在这个有"魔鬼洞"之称的第六洞,也只打了一个加一杆的"柏忌"球,听到是在这个洞进行决赛,文健一点也不敢怠慢,这个或许会改变他命运的球洞，他必须全力以赴！

　　来到第六洞发球台，文健礼让吴东方发球。文健敬重他是老前辈，而且人家还是独臂挥杆呢！

　　这次来埃及参加球赛，吴东方除了顺便来考察埃及市场，他心底还是奔着冠军宝座来的。一方面吴东方知道这次球赛设立的奖项，冠军和亚军的奖金差别，是十万八千里；另一方面，最近他刚换上了一套专门为他订制的球杆，他的成绩一下子又提升了不少，而很多人还不知晓。他也知道文健是他唯一强劲的竞争对手，但高尔夫是圆的，鬼晓得它会突然跑向哪里！上午文健失控地打出82杆，更是印证了这一点。上午打完球赛之后，吴东方还以为自己胜券在握了，没料到文健下午像着了魔似的，一直压着他打，以至出现还要打加洞赛这个被动局面。

　　吴东方发球之前闪过一个念头，他暗想，既然自己的球怎么打都打不远，还不如不要太激进，采取保守一点的稳定打法，说不定文健又像上午一样出现失误，那他的机会就来了！

　　于是，吴东方稍微收力地挥出了一个约180码的距离，球很直，稳稳当当地落在绿色球道上。

　　"好直，好球！"文健在吴东方挥杆之后，赞许道。

　　吴东方挥出的第一杆并没有给文健造成任何心理压力，因为吴东方的球虽然打得够直，但距离不够，而且果岭还在左边的位置，他还得分一杆。

　　文健上了发球台之后，并没有马上击球，他先观察了前面的地形并稍微思考了一下，接着才用一号木杆对着小球轰去。

　　球一开始飞得很直，突然，小球向左方拐去！

吴东方一直盯着小球的飞行轨迹，突见小球出现左曲，他一时欢喜，文健这球怕是要出问题了！

文健这个球打得特别远，小球冲行了一会儿，才落了下来。

等球完全着地的时候，吴东方这才傻眼了，文健原来是刻意打出左曲球——只见小球安全地落在正好攻果岭的"皇帝位"上！

高手！可怕的高手！吴东方心里暗暗惊叹，原来文健还懂故意"做球"。

文健的球不仅安全落在球道上，还打出了约350码的距离！也就是说，文健打出的球，离果岭还剩下210码的距离，这种直线距离，他极有可能再用一杆便可将球攻上果岭。而吴东方的球，离果岭还有380码，而且还不能直攻果岭！

围观的人群，响起了今天最热烈的一次掌声，叫好声更是此起彼伏！

看到小球安全落在他期望的位置上，文健才舒了一口气。他这一狠招还是从微信公众号《高尔夫教学》里的视频学到的。

第一杆虽然打得很好，但文健并不敢太放松，小球还有210码才能上果岭，没准第二杆他会打偏或打穿果岭导致OB呢？那他就未必赢得了对手。虽然第一杆他便占据优势，他还是不敢得意忘形。

吴东方第二杆果真只能分杆，他先打了个100码。打完100码，小球离果岭还有280码。

吴东方的球依然比文健的球落后，他接着就打第三杆。第三杆他采用一支三号木杆，又小心地击出了180码。这一次，小球离果岭还剩下约100码。

这也意味着，吴东方至少要花四杆才能将球击上果岭。

文健待吴东方挥完第三杆之后，接着打他的第二杆。如果文健第二杆能将球攻上果岭的话，那几乎胜败已定。

文健准备打第二杆的时候，吴东方见他拿起一支三号木杆，走到小球旁边准备击球，吴东方心里又一阵欢喜！

这文健也太不懂策略了，他现在已经比自己少两杆，果岭前面是个大沙坑。如果文健打短了，球掉到沙坑里，那就会有很多变数，说不定他还会在沙坑里搞上几杆；如果他打大了，说不定会打穿果岭，那他就得罚杆！这个时候，明显占优势的文健就应该采用分杆策略——先用铁杆打个160～180码，再用铁杆切个30～50码，那他就赢定了！吴东方暗忖。

吴东方盯着文健试挥杆，突然，他见到文健若有所思地停了下来。紧接着，文健居然回头把他手里的三号木杆放回球包，而重新从球包里挑出一支五号铁杆！

这文健，简直像是吴东方肚子里的蛔虫，他的这一换杆举措，正是吴东方刚才所想！

文健临时换杆的决定，自然也是基于安全策略的考虑，而让他有这种明智想法的，却来自昨天姜教练的指点！

啪的一声，文健果然轻松而稳健地挥出了180码的安全距离——球就落在沙坑前面！

吴东方这时才开始浮躁起来，文健这么轻轻一挥，他的球剩下可仅仅是30码的距离，这个距离，他完全可能一切一推就搞个"收工帕"了！

怎么办？吴东方只好铤而走险了。他想着，如果他用个P杆对准旗杆攻去，如果球幸运撞旗杆的话，那球不是掉进洞里，就是落在洞边，那他才有一丝希望。

吴东方铆足了劲，用P杆对准旗杆攻去！

高尔夫是圆的，哪怕是高手，都无法做到指哪打哪，更多还是"打哪指哪"的多！

吴东方这么一拼，结果更是拼出了问题——他的球不仅没有撞到旗杆，还打大了，小球直接冲到果岭外的另一个沙坑去了！

吴东方的球出了问题，文健还是不敢怠慢，他认真地切好第三杆。

文健切出的第三杆，总算如愿地把球送到洞口边不到半码的位置！

赢了！文健明显赢了！所有人都响起了掌声！

看着文健的球就在洞边，吴东方也知道输定了，他只好摇摇头，把球切上果岭，再把球推进洞里。输归输，球还是要打完的！

文健等吴东方把球推完后，再轻轻一推，将球推进洞里。

叮咚的一声，这是文健听到的，世界上最美妙的声音！

人群又再次欢呼起来！

终于赢了！文健，赢了埃及业余高尔夫球赛！

……

第43节

"嗯嗯,我再给你加个守护神!希望你能像狮身人面像守候在金字塔旁边一样,永永远远地陪伴在我身边。"

在开罗飞往广州的飞机上,一觉醒来的文健,又像是做了一场长梦。

谭百合依旧在他旁边睡着了,只是跟上一次从广州飞往开罗不同,这一次,谭百合的手拽着文健的手臂,睡得很香甜。

今天一大早,天还没亮,文健就跟谭百合一起赶到了金字塔看日出。

据说世界最浪漫观赏日出的十大圣地,金字塔便是其中一处。能跟心爱之人一起到金字塔观看日出,更是最爱幻想的谭百合的心愿。

在金字塔旁,谭百合头挨着文健肩膀看日出,那一刻,她才真真切切地体会到何为"浪漫"一说。

日出之后,文健和谭百合两人手牵手在金字塔下漫步,又在附近的沙漠地带骑起骆驼来。

骑骆驼时,谭百合跟文健共骑一只大骆驼,两个人又抱在一起了。

下午,文健带着谭百合,在金字塔附近的高尔夫球场,手把手地教她打高尔夫。打完高尔夫之后,两个人才赶赴开罗机场……

在金光灿灿的金字塔之下，文健给谭百合买了一个金字塔模型，谭百合则给文健买了一个狮身人面像。

"金字塔代表我的爱情。"文健无比柔情地对着谭百合说，他手里拿着金字塔，就像拿着一个求婚金戒，就差没有单腿下跪了。

"嗯嗯，我再给你加个守护神！希望你能像狮身人面像守候在金字塔旁边一样，永永远远地陪伴在我身边。"谭百合更是深情地看着文健，并献上她的初吻。

（本小说故事虚构，如有雷同，纯属巧合）